U0518581

民国ABC丛书

元剧研究ABC

吴梅 著

知识产权出版社

全国百佳图书出版单位

图书在版编目（CIP）数据

元剧研究ABC / 吴梅著. — 北京：知识产权出版社，2017.1

（民国ABC丛书 / 徐蔚南等主编）

ISBN 978-7-5130-4647-3

Ⅰ.①元… Ⅱ.①吴… Ⅲ.①元曲—文学研究 Ⅳ.①I207.24

中国版本图书馆CIP数据核字（2016）第305753号

责任编辑：宋 云 邓 莹　　　　责任校对：谷 洋

封面设计：sun工作室　　　　　　责任出版：刘译文

元剧研究ABC

吴 梅 著

出版发行：	知识产权出版社有限责任公司	网　址：	http://www.ipph.cn
社　址：	北京市海淀区西外太平庄55号	邮　编：	100081
责编电话：	010-82000860 转 8346	责编邮箱：	dengying@cnipr.com
发行电话：	010-82000860 转 8101/8102	发行传真：	010-82000893/ 82005070
印　刷：	北京科信印刷有限公司	经　销：	各大网上书店、新华书店及相关专业书店
开　本：	880mm×1230mm 1/32	印　张：	5.5
版　次：	2017 年 1 月第 1 版	印　次：	2017 年 1 月第 1 次印刷
字　数：	70 千字	定　价：	26.00 元

ISBN 978-7-5130-4647-3

再版前言

民国时期是我国近现代史上非常独特的一个历史阶段，这段时期的一个重要特点是：一方面，旧的各种事物在逐渐崩塌，而新的各种事物正在悄然生长；另一方面，旧的各种事物还有其顽固的生命力，而新的各种事物在不断适应中国的土壤中艰难生长。简单地说，新旧杂陈，中西冲撞，名家云集，新秀辈出，这是当时的中国社会在思想、文化和学术等各方面的一个最为显著的特点。为了向今天的人们展示一个更为真实的民国，为了将民国文化的精髓更全面地保存下来，本社此次选择了世界书局于1928~1933年间出版发行的ABC丛书进行整理再版，以飨读者。

　　世界书局的这套 ABC 丛书由徐蔚南主编，当时所宣扬的丛书宗旨主要是两个方面：第一，"要把各种学术通俗起来，普遍起来，使人人都有获得各种学术的机会，使人人都能找到各种学术的门径"；第二，"要使中学生、大学生得到一部有系统的优良的教科书或参考书"。因此，ABC 丛书在当时选择了文学、中国文学、西洋文学、童话神话、艺术、哲学、心理学、政治学、法律学、社会学、经济学、工商、教育、历史、地理、数学、科学、工程、路政、市政、演说、卫生、体育、军事等 24 个门类的基础入门书籍，每个作者都是当时各个领域的知名学者，如茅盾、丰子恺、吴静山、谢六逸、张若谷等，每种图书均用短小精悍的篇幅，以深入浅出的语言，向当时中国的普通民众介绍和宣传各个学科的知识要义。这套丛书不仅对当时的普通读者具有积极的启蒙意义，其中的许多知识性内容

再版前言 ‖

和基本观点，即使现在也没有过时，仍具有重要的参考价值，因此也非常适合今天的大众读者阅读和参考。

本社此次对这套丛书的整理再版，将原来繁体竖排转化为简体横排形式，基本保持了原书语言文字的民国风貌，仅对部分标点、格式进行规范和调整，对原书存在的语言文字或知识性错误，以及一些观点变化等，以"编者注"的形式加以标注，以便于今天的读者阅读。希望各位读者在阅读本丛书之后，一方面能够对民国时期的思想文化有一个更加系统、深刻的了解，另一方面也能够为自己的书橱增添一份用于了解各个学科知识要义的不可或缺的日常读物。

知识产权出版社

2016 年 11 月

ABC 丛书发刊旨趣

徐蔚南

西文 ABC 一语的解释，就是各种学术的阶梯和纲领。西洋一种学术都有一种 ABC，例如相对论便有英国当代大哲学家罗素出来编辑一本《相对论 ABC》，进化论便有《进化论 ABC》，心理学便有《心理学 ABC》。我们现在发刊这部 ABC 丛书有两种目的：

第一，正如西洋 ABC 书籍一样，就是我们要把各种学术通俗起来，普遍起来，使人人都有获得各种学术的机会，使人人都能找到各种学术的门径。我们要把各种学术从智识阶级的掌握中解放出来，散遍给全体民众。

ABC丛书是通俗的大学教育，是新智识的泉源。

第二，我们要使中学生、大学生得到一部有系统的优良的教科书或参考书。我们知道近年来青年们对于一切学术都想去下一番工夫，可是没有适宜的书籍来启发他们的兴趣，以致他们求智的勇气都消失了。这部ABC丛书，每册都写得非常浅显而且有味，青年们看时，绝不会感到一点疲倦，所以不特可以启发他们的智识欲，并且可以使他们于极经济的时间内收到很大的效果。ABC丛书是讲堂里实用的教本，是学生必办的参考书。

我们为要达到上述的两重目的，特约海内当代闻名的科学家、文学家、艺术家以及力学的专门研究者来编这部丛书。

现在这部ABC丛书一本一本的出版了，我们就把发刊这部丛书的旨趣写出来，海内明达之士幸进而教之！

一九二八，六，二九

例　言

本书研究元剧之来历、元剧作者的历史、曲文的格式、剧情的结构以及戏场里面动作，举凡元剧研究所必要的都说及。

《正音谱》讲元剧家最多计有 187 人，但是夹七夹八。颇有些糊涂处，盖者把这 187 人加以整理，每人列一小传，无考者阙之，即此小小考证，煞费苦心了。

本书分上下两卷，共计十章，上卷研究元剧的来历、现在元剧的数目以及元剧家，下卷将元剧剖解并及元曲方言，❶务使读者能得元剧最正确的知识和研究元剧的方法。

---

❶　直至 1939 年吴梅去世，下卷仍未出版。——编者注

目　录

绪　论　1

第一章　元剧的来历　3

第二章　元剧现存数目　21

第三章　元剧作者考略（上）37

第四章　元剧作者考略（下）79

编后记　162

绪　论

　　我尝说白话文章，有时间关系，往往一时普通的说话，到了后人看来，容易不懂。试看唐宋以来文章，至今读去，还是明明白白，独有元朝一代通俗文，简实无从解释，如《大元玺书碑》(见《金石萃编》未刻稿，近有石印本)，真是一句不懂。其他就是剧曲，他每做剧曲的人，随便用方言填砌成文；在当时固然了解，可是到了现在，就要用许多方法，来一句一字的解释；但是各人解释，各有不同，于是要拣择一顶可靠的说头，作他定论，这可是不容易么！这还是文章一方面的关系，还有许多作者的历史、曲文的格式、剧情的结构以及戏场里面动作，又当一样一样的研

1

究，可不是更难么？吾这部书，就是考究这
等一类事，待吾慢慢说来。

元剧的来历

第一章　元剧的来历 ‖

大凡一种文字，必非凭空生出来的，推究原故，一定有许多原因。元剧的来源，是从宋人大曲变化来的；至金董解元《西厢》，方全是曲调，但尚是坐唱。至元则扮演出场，于是五花八门，演得非常好看，吾先把宋人大曲一讲。

宋代大曲是歌舞相兼的，先由一人登场，指挥各伶工，叫做"参军"。这参军实是戏提调。他先开口，说些吉祥话，然后招呼各伶工做戏。这种戏曲，叫"传踏"，亦叫"转踏"，又叫做"缠达"，演时带歌带舞，先慢后快，统叫做"队舞"。照《宋史·乐志》里说，分作男女两队，男叫小儿队，女叫女弟子队。那队舞的制度，男女各有十种，吾先把十种写出来：

小儿队（共72人）

（1）柘枝队；（2）剑器队；（3）婆罗门队；（4）醉胡腾队；（5）诨臣万岁乐队；（6）儿童感圣乐队；（7）玉兔诨脱队；（8）异域朝天队；（9）儿童解红队；（10）射雕回鹘队。

女弟子队（共153人）

（1）菩萨蛮队；（2）感化乐队；（3）抛球乐队；（4）佳人翦牡丹队；（5）拂霓裳队；（6）采莲队；（7）凤迎乐队；（8）菩萨献香花队；（9）彩云仙队；（10）打球乐队。

这种队名，都是就子弟艺术上分配的：如柘枝队专舞柘枝，剑器队专舞剑器，菩萨蛮

第一章　元剧的来历

队专扮菩萨幻化状况，采莲队专舞采莲。这是朝廷宴会用的，所以规模阔大；民间伎乐，没有这样完备的，到扮演的时节，先由参军登场，召集小儿队，叫做"勾"；队舞已毕散班，叫做"放"。女弟子队舞，亦是如此。宋人文集中，有《乐府致语》一种，就是代参军说话，吾节录一篇，加以说明如下。

《春宴乐语》（宋祁作，见《啸余谱》卷四）

（一）教坊致语（这就是参军登场，对皇帝说的）

臣闻璿杓东指，披宝典以开年；玉节南驰，重欢邻而讲好。国美春台之享，期推宴俎之慈，用洽乐康，式昭熙盛。恭维（尊号）皇帝陛下（这尊号两字，是用当时纪元年号，故仅写此二字，若上过美德名字者，亦要加入），绍承丕烈，奄宅中邦。（中略）属岁朔之申仪，

7

加使华之修聘，爰开广殿，胥庆佳辰。（中略）式均蒙湛之仁，普咏丛云之旦，臣滥中法部，旅进神庭，窃扞亨期，敢进口号（文中臣字，即参军自谓）。

（二）口号（这口号是参军当场歌念的，七绝七律不拘）

千官星拱侍凝旒，紫殿余寒已暗收。日湛露华浮宴席，天回春色遍皇州。云韶三阕翔朱鹭，锦幕千层舞翠虬。拭玉邻邦通使节，万龄享会庆洪猷。

（三）勾合曲（这一段是招教坊乐工合奏一曲）

玉色凝温，盛庆仪于瑞日；葵心委照，同华宴于需云。翙韶律以方融，顾群萌之将达，宜陈备奏，用洽太和，徐韵宫商，教坊合曲。

（末二句总是如此，合曲即和曲，如今日吹打样子。）

（四）勾小儿队（这时候，小儿队女弟子队分立殿东西，参军先招小儿队，入殿廷中间）

彩袖岩峣，烂仙葩于晓日；霞裾转炫，叠华鼓于春雷。乌漏未移，鸾觞在御，宜进游童之列，俾陈逸缀之妍。上奉宸欢，教坊小儿入队。

（五）队名（这队名，即前所列小儿队十队名。中间横匾，写队名，两边写楹联二句，此时小儿队排队前进。居首两人，各持一联，横匾搭在联上。小儿持之以进，如今日学校诸生全体出行，首排两人持校旗一样的）

紫殿开慈宴；青襟缀舞行。（此二语写在

联上，参军不念）

（六）问小儿（这是参军问小儿，到此何干）

便娟蹑屦，皆行马之鬌龄；蹀躞交竿，尽兰觿之雅饰。既乐陶姚之化，盍陈象勺之因。进叩天阶，雍容敷奏。

（七）小儿致语（这是小儿自言，谓欲来此做剧了）

臣闻庆朔履端，俪鹭雍而四会；宝邻驰骋，拭虹玉以申欢。嘉乃礼成，眷兹作首。爰诏夏渠之飨，允昭交泰之期，恭维（尊号）皇帝陛下，德总右文，功宣下武，顺四时之和烛，济万世于夷侯。海不扬波，地无爱宝。属以阶蓂肇历，律凤回春，顺邦令以布和，修国仪而行庆。（中略）臣等虽愧妙年，同欣盛际，既造观备之地，愿陈秉翟之容。未敢自专，

10

伏候进止。（末二句通套）

　　（八）勾杂剧（这是参军叫小儿做剧）

　　回鸾逗节，已遍于余妍；舒雁分行，聊停
于合奏。天颜益粹，日舍方徐。宜参优孟之
滑稽，式助都场之曼衍。童裳却立，杂剧来欤。
（末二句亦通套语，自此以后，小儿队即扮演
剧文，如柘枝队即舞柘枝，剑器队即舞剑器。
所有剧本，皆当时教坊编就的。照《武林旧事》
官本杂剧，多至 280 本，今一本都没有传留，
真是可惜！）

　　（九）放队（这是队舞已毕，叫小儿队散
班归去）

　　金徒漏改，玉琯巡周。既殚雅舞之容，复
罄欢谣之乐。宜遵矩步，归咏雩风，再拜天阶，
相将好去。（至此皇帝或更衣略事休息，等再
御宝坐，参军再召女弟子队）

（十）勾女弟子队（此下节王珪《秋宴乐语》）

华灯照席，再严百辟之趋；宝幄更衣，复睹中天之坐。宜度仙韶之曲，更呈舞袖之妍。上奉皇慈，女弟子入队。（一切与小儿队同，不再说明）

（十一）队名

宫锦祥鸾下；仙鬟彩凤来。

（十二）问女弟子队

金徒缓刻，延丽日于壶中，翠羽飞觞，醉流霞于天上。何仙姿之绰约，叩丹墀以踟蹰。须有剖陈，近前敷奏。

（十三）女弟子致语

妾闻候凝霜降，属百工之告休；歌起鹿鸣，见群臣之合好。矧万几之多豫，复千载之盛期。

启燕良辰，腾欢锦寓。恭维（尊号）皇帝陛下，向明紫极，储思岩廊，迈三皇五帝之风，绍一祖二宗之烈。（中略）感福休于靡极，召和乐以无穷，妾等幸遇昌时，预陈法部，举听铿纯之节，来参蹈厉之容。未敢自专，伏候进止。

（十四）勾杂剧

鸾拂宫茵，极七盘之妙态；凤仪仙曲，终九奏之和声。方镐饮之穷欢，宜秦优之进伎。宸颜是奉，杂剧来歆。

（十五）放女弟子队

宫花翦彩，恍疑天上之春；海日衔规，忽觉人间之暮。宜整羽衣之缀，却回云岛之游。再拜彤庭，相将好去。

右是队舞排场，以参军一人，为剧场中

主脑。所演曲本，可惜无存。但是民间所用大曲，今尚存一二，见曾慥《乐府雅词》中。王灼《碧鸡漫志》，说大曲有散序、靸、排遍、攧、正攧、入破、虚催、实催、衮遍、歇拍、杀衮等名。始成一曲，叫做大遍。今按《乐府》《雅词》，确有此等名目（恕不备录）。可见大曲一种，实宋词元曲过渡的作品。惟所用曲名，多半是《薄媚》或《水调歌头》，与元剧牌名，截然不同。所以虽说是元剧的祖宗，却是很远的远祖宗，非嫡亲的祖父母，要求嫡亲的祖父母，不能不把董《西厢》讲一遍了。

董解元《西厢》，为《诸宫调》体，王静安《宋元戏曲史》中说得清清楚楚，我也不再引证了。要知道元剧所用各牌名，都本于董词。如点绛唇、端正好、斗鹌鹑，等等，那一个不是董词里面的？并且还没有用得完全，如文序子、倬倬戚、墙头花、渠神令等名，元人从来没有做过。可见董词，才是元剧的嫡亲祖父母。

董词所以与元剧不同处，约有数端：第一是董词不分出数，从头至尾，是一篇大文章；各种刻本，或分四卷，或分两卷，皆非正稿分段；第二是董词不分角色，末旦净丑等名，至王实甫方有之，因为董词是"抟弹词"，体格与评话弹词相类，由一人弹唱，通体是旁人叙述口气，不似元剧替本人代为说话的；第三是套数极短，往往一二曲后，就用尾声，尾声以后，又接他调，最长的套数，亦不过五六支，与元剧的洋洋洒洒文章，大不相同；第四是董词各曲，都是两叠全备，至元剧便单用上半曲，不用下半曲，即或用下半曲，又别书为么篇，不似董词每曲上下叠整整齐齐的；第五董词白文，止有说话，却无科介，因为是"挡弹"体格，一切动作，概自口中说出，非若元剧扮演登场，要台步戏容的，有此几端，所以董词算不得戏剧，别叫做"诸宫调"体。然而戏剧的祖宗，却道董解元不敢担任。

现在要讲董解元是什么人。《太和正音谱》但说他"仕元始制北曲"。《辍耕录》里边，说他是"金章宗时人"。毛西河《词话》说他是"金章宗时学士"。吾以为皆不可信，但知他是金朝人罢了。因为解元的名字，金元时人，当他读书人普通称呼。如《鬼董》第五卷末，有泰定丙寅临安钱孚跋，内中说"关解元之所传"云云，是关汉卿亦称解元。王实甫《西厢》第一折云："风魔了张解元"，是张珙也称起解元来。就可知解元两字，是金元方言，不可同后世举人第一，方称此名的。吾这样武断，倒可以息多少争端了。

第一章　元剧的来历 ‖

　　至于董词的文章，实是天下古今第一，此话从前人也曾讲过。可是我赞他好的原故，却与前人不同。前人赞他好，是拣他词藻美艳处；我赞他的好，在本色白描处。大凡看曲子，要如此看法。倘如王弇州、梅禹金、屠赤水等人的眼光看曲子，那就糟了。我且写他几支出来，读者就晓得了：

　　〔双调豆叶黄〕　薄薄春阴，酿花天气，雨儿廉纤，风儿淅沥，药阑儿边，水窗儿外，又妆点新晴，花染深红，柳拖轻翠。采蕊的游蜂，两两相携。弄巧的黄鹂，双双作对。对景对怀，是病里逢春，四海无家，一身客寄。

　　〔揽筝琶〕　穷愁泪，穷愁泪，掩了又还滴。多病的情怀，孤眠况味，说不得苦厌厌。一个少年身，多因为那薄情种，折倒得不起。千般风韵，一捻儿年纪，不惟道生得个庞儿美，那堪更小字儿可人意。虫蚁儿里多情，莺儿第一，偏称缕金衣。你试寻思自家，又没天来大福，如何消得。

[尾] 心头怀着待不思忆。口中强道不憔悴，怎瞒得青铜镜儿里。

[中吕·牧羊关] 适来因把红娘问，说夫人恁般情性，作事威严，治家廉谨，无处通佳耗，无计通芳信，料想今生也，没分成秦晋。呆答孩倚着窗台儿眈，你寻思闷也不闷，安放不下，猜疑不定，得呵是自家采，不得呵是自家命，更打着黄昏也，兀的不愁杀人！

[尾] 倘或明日见他时分，把可憎的媚脸儿饱看一顿，便做受了这凄惶也正本。

[南吕·应天长] 无语闷畲孩，淫淫的两泪盈腮。凄凉夜好难捱，愁损这情怀。睡不着万声感唱，勉强的把旅舍门开，披衣独步，

第一章　元剧的来历

在月明中，凝睛看天色。澹微云，笼素魄，野水连天天竟白。见衰杨折苇，隐约映渔台，新愁与旧恨，此际越教人无奈。柳阴里，忽听得有人在，低声道快行也娘咳！

　　〔尾〕　张生觑了失声惊怪，见野水桥东岸南侧，两个画不就的佳人趁月来。

　　照此看来，董词文章，就是平铺直叙，却不全用词藻，方言俗语，随手拈来，另有一种幽爽清朗的风致。于是元剧文章，也就照式填就，全以白话为主体，即有一二支用文言，他全套总是白话为多。因为多白话，后人遂有许多不明白处，所以要研究他。

　　吾此篇总结一句，老实说：元剧的来历，远祖是宋时大曲，近祖就是董词。

Chapter

02

第二章

元剧现存数目

元人杂剧，共有多少，实无可计算。但就现在所可见者，有几种书可以供参考的：

（1）《录鬼簿》共458种；

（2）《太和正音谱》共566种；

（3）《雕虫馆元曲选》共100种；

（4）《元人杂剧选》共30种；

（5）《古名家杂剧》共40种（中有明人作）；

（6）《新续古名家杂剧》共20种（中有明人作）；

（7）《覆刊元杂剧》共30种。

据此七种书，元剧目录，尽在这里了。但是这七种内，彼此俱有差误，不必把他比较。就现在世上所存的元剧，总算起来，实不过一百十有九种，我且记他出来。

关汉卿 13 本：

《西蜀梦》《拜月亭》《谢天香》《金线池》《望江亭》《救风尘》《单刀会》《玉镜台》《诈妮子》《蝴蝶梦》《窦娥冤》《鲁斋郎》《续西厢》。

高文秀 3 本：

《双献功》《谇范叔》《遇上皇》。

郑廷玉 5 本：

《楚昭王》《后庭花》《忍字记》《看钱奴》《崔府君》。

白朴 2 本：

《梧桐雨》《墙头马上》。

马致远 6 本：

《青衫泪》《岳阳楼》《陈抟高卧》《汉宫秋》《荐福碑》《任风子》。

李文蔚 1 本：

《燕青博鱼》。

李直夫 1 本：

《虎头牌》。

吴昌龄 2 本：

《风花雪月》《东坡梦》。

王实甫 2 本：

《西厢记》(4 本)、《丽春堂》。

武汉臣 3 本：

《老生儿》《玉壶春》《生金阁》。

王仲文 1 本：

《救孝子》。

李寿卿 2 本：

《伍员吹箫》《月明和尚》。

尚仲贤 4 本：

《柳毅传书》《三夺槊》《气英布》《尉迟恭》。

石君宝 3 本：

《秋胡戏妻》《曲江池》《紫云庭》。

杨显之 2 本：

《临江驿》《酷寒亭》。

纪君祥 1 本:

《赵氏孤儿》。

戴善甫 1 本:

《风光好》。

李好古 1 本:

《张生煮海》。

张国宾 3 本:

《汗衫记》《薛仁贵》《罗李郎》。

石子章 1 本:

《竹坞听琴》。

孟汉卿 1 本:

《魔合罗》。

李行道 1 本：

《灰阑记》。

王伯成 1 本：

《贬夜郎》。

孙仲章 1 本：

《勘头巾》。

康进之 1 本：

《李逵负荆》。

岳伯川 1 本：

《铁拐李》。

狄君厚 1 本：

《介子推》。

孔文卿 1 本：

《东窗事犯》。

张寿卿 1 本：

《红梨花》。

马致远、李时中、花李郎、红字李二合作 1 本：

《黄粱梦》。

宫天挺 1 本：

《范张鸡黍》。

郑光祖 4 本：

《㑇梅香》《周公摄政》《王粲登楼》《倩

女离魂》。

金仁杰 1 本：

《萧何追韩信》。

范康 1 本：

《竹叶舟》。

曾瑞 1 本：

《留鞋记》。

乔梦符 3 本：

《玉箫女》《扬州梦》《金钱记》。

秦简夫 2 本：

《东堂老》《赵礼让肥》。

萧德祥 1 本：

《杀狗劝夫》。

朱凯 1 本：

《昊天塔》。

王晔 1 本：

《桃花女》。

杨梓 2 本：

《霍光鬼谏》《豫让吞炭》（此种新发现，今藏江苏第一图书馆）。

李致远 1 本：

《还牢末》。

杨景贤 1 本：

《刘行首》。

罗贯中 1 本：

《风云会》（此种新发现，今藏江苏第一图书馆）。

无名氏 28 本：

《七里滩》《博望烧屯》《替杀妻》《小张屠》《陈州粜米》《鸳鸯被》《风魔蒯通》《争报恩》《来生债》《朱砂担》《合同文字》《陈苏秦》《小尉迟》《神奴儿》《谢金吾》《马陵道》《渔樵记》《举案齐眉》《梧桐叶》《隔江斗智》《盆儿鬼》《百花亭》《连环计》《抱妆盒》《货郎旦》《碧桃花》《冯玉兰》《赤壁赋》（此种新发现）。

以上共 119 种（《西厢》作 5 种算），吾辈要研究元剧，只有这许多了。倘若要研究总数，只须将前列 7 种书，细细校勘，便可知道各种名目。但有许多难处：第一件，时代模糊，《正音谱》所列 566 本，内中不尽是元人所作。如丹邱先生、王子一、刘东生、谷子敬、汤舜民等，皆是明初人，当然不能排在元剧里；第二件，作者失考，无名氏 110 本中，尚有许多种，可以考出作者姓名，如《霍光鬼谏》《豫让吞炭》，为杨梓作（已见前目），《继母大贤》《蟠桃会》，为周宪王作，《气英布》为尚仲贤作，《风云会》，为罗贯中作，今一概列入无名氏内，未免失检；第三件，重复不少，既列《误元宵》于曾瑞卿，又列《留鞋记》于无名氏，既列《赵礼让肥》于秦简夫，复列《赵宗让肥》于无名氏，又未免失察。所以研究元剧总数，须要把各种剧目，逐一考订，方无差误。至于 119 种以外，如晚进王生补《西厢》围棋闯局一折，见李卓吾评本西厢内，白朴之《箭射双雕》，费唐臣之《贬黄州》，李进取之《栾巴噀酒》，赵明道之《范蠡归湖》，鲍天祐之《死哭秦少游》《雍熙乐府》中，各有一折，王实甫《芙蓉亭》，见王伯良《西厢》校注本，零星搜集，要亦不多了。还有一事，是极无法整理的，明朝人刻书，好多妄改词句。一切经史，都遭此厄。至于词曲，尤其随意动笔改削。元人百种曲，是臧晋叔所刻的。论他功劳，确是不小，许多秘本，赖此流传下来，这是功德无量的。可是元剧原本，被他盲删瞎改，弄得一塌糊涂。吾乡叶怀庭先生说："元曲元气淋漓，直与唐诗宋词争衡，惜今之传者绝少。百种系臧晋叔所编，观其删改四梦，直是一孟浪汉；文律曲律，皆非所知，不知埋没元人许多佳曲。惜哉！"此话真是不差。删改本四梦，他明明说是删改，还可原恕,（此书极少见，雕刻至精，余亦有藏本），论到百种曲，他是从刘延伯借得200种后，并自己家藏秘剧，一同选择出100种，分甲乙等十集刻的。他自序里头说："录之《御戏监》，与今坊本不同。"此句明是鬼话。因为改得太不像样了，遂作此文过之谈。何以见得呢？他自序里又说道："若曰妄加笔削，自附元人功臣，则吾岂敢！"

这"笔削"二字，就不知不觉的露出马脚来了。但是证据在何处呢？日本西京帝国大学，复刊《元椠古今杂剧》30 种，内中 17 种，为臧选所无，其 13 种，则与臧本同。试把他互相校勘，不要说词句间，差不多句句有异，即科白中亦大有不同（此书惟正末正旦有白，余俱作"云了"略之）。此书本元朝坊刻，晋叔怕此等坊刻，流传出来，与自己精刻有异，于是"说录之《御戏监》，与今坊本不同"，自以为一手掩尽天下目了，岂知尚有元刊本复出可以烛其伪乎？倘有人就此 13 种内，一一与臧本细校，别作一书，岂不是一场快事！但是还有 87 种，如何办法呢？这不是极无法整理的么？

元剧作者考略（上）

　　《正音谱》列《古今群英乐府》名字，元人共 187 人。其中有作剧者，亦有不作剧单作散套者，亦有无可考证者。吾从前曾整理过一次，欲就群籍参考，每人列一小传，无考者阙之。人事杂逯，无暇动笔。今约略具书于左，即此寥寥数语，已煞费苦心了。

　　马致远，字东篱，大都人。江浙行省务官。元有两马致远，一秦淮人，不作曲者；东篱有十四种杂剧（见《录鬼簿》《正音谱》），今存者仅六种，具见前篇。《正音谱》评其词："如朝阳鸣凤。"又云："其词典雅清丽，可与灵光景福相颉颃，有振鬣长鸣，万马皆瘖之意。又若神凤飞鸣于九霄，岂可与凡鸟共语哉。列群英之上。"《尧山堂外纪》，录《秋思夜行船》❶一套，称为元人第一。（词见《正音谱》卷末）余尤爱其《天净沙》一支云。（词云：枯藤老树昏鸦，小桥流水人家。古道西风瘦马，夕阳西下，断肠人在天涯）

张可久，字伯远，号小山，庆元人。以路吏转首领官。有《北曲联乐府》三卷，外集一卷，补遗一卷，《吴盐》一卷，《苏堤渔唱》一卷，《小山小令》二卷。《正音谱》评其词："如瑶天笙鹤。"又云："其词清而且丽，华而不艳，有不吃烟火食气，真可谓不羁之才。若被泰华之仙风，招蓬莱之海月，诚词林之宗匠也。当以九方皋之眼相之。可久不作剧，而散曲之多，终元一代，莫能过之。"

白朴，字仁甫，又字太素，号兰谷，澳

❶ 即《夜行船·秋思》。——编者注

州❶人，后寓金陵。少经壬辰之难，其父赍以事远适。元遗山遂挈养之。元白为中州世契，两家子弟，每举长庆故事，以诗文相往来。而太素为后进之翘楚；虽遗山亦首肯也。中统初，开府史公，将荐于朝，再三逊谢而罢。著有《天籁集》，元王博文、明孙大雅，各有一序，可以觇其身世焉。《正音谱》评其词："如鹏搏九霄。"又云："风骨磊块，词源滂沛。若大鹏之起北溟，奋翼凌乎九霄，有一举万里之志。宜冠于首。"所作杂剧有十七种（名见《录鬼》《正音》），今存二种。

李寿卿，名无考，太原人，将仕郎除县丞。《正音谱》评其词："如洞天春晓。"又云："其词雍容典雅，变化幽玄，造语不凡。非神仙中人，孰能致此。"所作剧杂❷十种（名见《录鬼》《正音》），今存二种。

---

❶　应为"隩州"，今山西河曲一带。——编者注
❷　应为"杂剧"。——编者注

　　乔吉，字梦符，号笙鹤翁，又号惺惺道人，太原人。美容仪，能词章，以威严自饬，人敬畏之。居杭州太乙宫前，有题《西湖梧叶儿》百篇，名公为之序。江湖间四十年，欲刊所作，竟无成事者。至正五年二月，病卒于家。《辍耕录》云："乔孟符吉，博学多能，以乐府称。尝云作乐府亦有法，曰凤头、猪肚、豹尾六字是也。大概起要美丽，中要浩荡，结要响亮，尤贵在首尾贯串，意思清新，能若是，斯可以言乐府矣。"《正音谱》评其词："如神鳌鼓浪。"又云："若天吴跨神鳌，嘘沫于大洋，波涛汹涌，截断众流之势。"所作杂剧十一种（见《录鬼》《正音》），今存三种。

　　费唐臣，名无考，大都人。君祥之子，《正音谱》评其词："如三峡波涛。"又云："神风耸秀，气势纵横。放则惊涛拍天，敛则山河倒影。自是一般气象，前列何疑。"所作杂剧三种（见《录鬼》《正音》），今皆不传。

42

宫天挺，字大用，大名开州人。历学官，除钓台书院山长。为权豪所中，事获辨明，亦不见用，卒于常州。钟嗣成幼尝见之，其吟咏文章，笔力人莫能敌。乐章歌曲，特余事耳。《正音谱》评其词："如西风雕鹗。"又云："其词锋颖犀利，神彩烨然。若健翮摩空，下视林薮，使狐兔缩颈于蓬棘之势。"所作杂剧六种（见《录鬼》《正音》），今存一种。

王实甫，名无考，大都人。事实不概见，王静庵谓其由金入元，与关汉卿同。并以《丽春堂剧》末词句为证。词云："早先声把烟尘扫荡，从今后四方、八荒、万邦、齐仰，贺当今皇上。"以颂祷金皇作结，决其非完全元人，其说可从也。《正音谱》评其词："如花间美人。"又云："铺叙委婉；深得骚人之趣。极有佳句，若玉环之出浴华清，绿珠之采莲洛浦"。所作杂剧十三种（见《录鬼》《正音》），今存二种。

张鸣善，字无考，扬州人。官宣慰司令史。《录鬼薄》列入方今才人内，是与钟丑斋同时矣。《正音谱》评其词："如彩凤刷羽。"又云："藻思富赡，烂若春葩。郁郁焰焰，光彩万丈。可以为羽仪词林者也。诚一代之作手，宜为前列。"所作杂剧二种（见《录鬼》《正音》），今不传。（《辍耕录》云：张明善作北乐府《水仙子》讥时云："铺眉苫眼早三公，裸袖揎拳享万钟，胡言乱语成时用，大纲来都是烘。说英雄谁是英雄？五眼鸡岐山鸣凤，两头蛇南阳卧龙，三脚猫渭水飞熊。"盖指张士诚据吴时事也。当淮张盛时，其弟士德，攘夺民地以广园囿，侈肆宴乐，席间无张明善则弗乐。一日，雪大作，士德设盛宴，张女乐，邀明善咏雪。明善倚笔题云："漫天坠，扑地飞，白占许多田地。冻杀人民都是你！难道是国

家祥瑞！"书毕，士德大愧，卒亦莫敢谁何。事见《尧山堂外纪》）

关汉卿，号已斋叟，大都人。金末官太医院尹。金亡不仕，好谈妖鬼，著有《鬼董》。元曲以汉卿为大家，所作亦至多，有六十三种。自有曲家，无此魄力也。杨维祯《元宫词》云："开国遗音乐府传，白翎飞上十三弦，大金优谏关卿在，伊尹扶汤进剧编。"此关卿当指汉卿，则汉卿犹逮事金矣。诗中所云白翎，盖谓教坊大曲白翎雀也。（此雀生于乌桓朔漠之地，雌雄和鸣，自得其乐。世皇因命伶人硕德间制曲以名之）至《伊尹扶汤》一剧，据《录鬼簿》《正音谱》，皆列郑德辉作。或铁厓误记焉。《正音谱》评其词："如琼筵醉客。"又云："观其词语，乃可上可下之才，盖所以取者，初为杂剧之始。故卓以前列。"今存十三种。

郑光祖，字德辉，平阳襄陵人。以儒补杭州路吏。为人方直，不妄与人交，故诸公多鄙之。久则见其情厚，而他人莫之及也。病卒，火葬于西湖之灵芝寺，诸吊送者，各有诗文云。《正音谱》评其词："如九天珠玉。"又云："其词出语不凡，若咳唾落乎九天，临风而生珠玉，诚杰作也。"所作杂剧十九种（见《录鬼》《正音》），今存四种。

白无咎，字里未详。官学士。《正音谱》评其词："如太华孤峰。"又云："孑然独立，峣然挺出。若孤峰之插晴昊，使人莫不仰视也。宜乎高荐。"无咎以散套名，无剧。

贯云石，阿里海涯之孙。父名贯只哥，遂以贯为氏，号酸斋。初袭父官，为两淮万户府达鲁花赤，镇永州。一日解所佩黄金虎符，让弟忽都海涯。北从姚燧学，燧见其古文，峭厉有法，及歌行古乐府，慷慨激昂，大奇

46

之。俄选为英宗潜邸说书秀才。仁宗立，拜翰林侍读学士，知制诰，修国史。既而称疾，辞归江南，泰定元年五月卒，年三十九。酸斋晚年，为文日邃，诗亦冲澹。草隶等书，变化古人，自成一家。其视生死若昼夜，绝不入念。临终有辞世诗云："洞花幽草结良缘，被我瞒他四十年。今日不留生死相，海天秋月一般圆。"洞花幽草，盖二妾名也。酸斋休官后或隐屠沽，或侣樵牧，尝于临安市中，立碑额，货卖第一人间快活丸，人有买者，展两手一大笑示之。领其意者，亦笑而去。一日，钱塘数衣冠士人，游虎跑泉，饮间赋诗，以泉字为韵。中一人但哦泉泉泉，久不能就。忽一叟曳扶至，应声曰："泉泉泉，乱迸珍珠个个圆，玉斧斫开顽石髓，金钩搭出老龙涎。"众惊问曰："公非贯酸斋乎？"曰："然然然。"遂邀同饮，尽醉而去。其依隐玩世多类此。生平不作杂剧，喜作套数，《粉蝶儿·西湖游赏》一套,最脍炙人口。《正音谱》评其词:"如天马脱羁。"亦指套数言也。

邓玉宾,字里无考。官同知。散曲见《北宫词纪》。《正音谱》评其词:"如幽谷芳兰。"

滕斌,字玉霄,黄冈人。或云睢阳人。风流笃厚,见者心醉。往往狂嬉狎酒,韵致可人。其谈笑笔墨,为人传诵,宝爱不替。其《谢徐承旨启》有云:"贾谊方肆于文才,诸老或忌其少。阮生稍宽于礼法,众人已谓之狂。"可知其风趣矣。至大间任翰林学士,出为江西儒学提举。后弃家入天台为道士。一日,访白云平章于西山,不值,戏题壁间,有"后夜月明骑鹤来"句,白云诡为吕岩诗,一时倾动。厚赂玉霄,使勿泄。白云平章,察罕也。《正音谱》评其词:"如碧汉闲云。"玉霄亦不作剧,以散曲著。

第三章　元剧作者考略（上）

鲜于必仁，字去矜，渔阳郡人，太常典簿枢之子。与海盐杨氏昆仲善（二人为杨梓之子长国材次少中），尽以乐府作法授之。故杨氏家乐，有海盐腔之名，皆去矜教之也（详《乐郊私语》）。平生无词剧，以散曲著。《尧山堂外纪》，录其《寨儿令》一曲殊佳，余不多见。《正音谱》评其词："如奎壁腾辉。"

商政叔，名里无考。官学士。散曲见《北宫词纪》。《正音谱》评其词："如朝霞散彩。"

范康　字子安，杭州人。明性理，善讲解，能词章，通音律。因王伯成有《李太白贬夜郎》，乃编《杜子美游曲江》，一下笔即新奇，盖天资卓异，人不可及也。《正音谱》评其词："如竹里鸣泉。"所作剧二种（《杜甫游春》《竹叶舟》），今存一。

徐甜斋，名再思，字德可，嘉兴人。好

食甘饴，故号甜斋。与贯酸斋并称"酸甜乐府"。其子善长，颇能继其家声。其词略见《尧山堂外纪》及《太平乐府》中。《折桂令》二支，《水仙子》三支，尤传述人口云。《正音谱》评其词："如桂林秋月。"

杨朝英，字澹斋，青城人。曾选《阳春白雪》《太平乐府》二集，为散曲渊薮。邀贯酸斋作序，贯曰："我酸则子当澹矣。"遂自号澹斋云。《正音谱》评其词："如碧海珊瑚。"

李致远，字里无考。《正音谱》评其词："如玉匣昆吾。"今仅存《还牢末》一种。《太平乐府》有《新水令》一套，平平。

郑廷玉，彰德人。《正音谱》评其词："如佩玉鸣銮。"所作杂剧共二十四种（见《录鬼》《正音》），今存五种。

第三章　元剧作者考略（上）

　　刘庭信，字里无考，南台御史刘庭翰族弟，俗呼为黑刘五。《正音谱》评其词："如摩云老鹘。"今读其《水仙子》二首，泂然。词云："秋风飒飒撼苍梧，秋雨潇潇响翠竹。秋云黯黯迷烟树。三般儿一样苦。苦的人魂魄全无。云结就心间愁闷，雨少似眼中泪珠，风做了口内长吁。"又云："虾须帘控紫铜钩，凤髓茶闲碧玉瓯，龙涎香冷泥金兽。远雕阑倚画楼，怕春归绿惨红愁。雾蒙蒙丁香枝上，云淡淡桃花洞口，雨丝丝梅子墙头。"其他各词，散见各选本者，亦不多云。

　　吴西逸，字里无考，《正音谱》评其词："如空谷流泉。"

　　秦竹村，名里无考，《正音谱》评其词："如孤云野鹤。"《太平乐府》有《行香子》一套。

　　马九皋，名无考，畏吾人。《正音谱》评

其词:"如松阴鸣鹤。"词不多见,《阳春白雪》有几支。

石子章,名无考,大都人。《正音谱》评其词:"如蓬莱瑶草"。今仅存《竹坞听琴》一种。

盍西村,名志,盱眙人。《正音谱》评其词:"如清风爽籁。"不作杂剧,以散曲著名。余曾见其《春燕》一套,致佳。如《脱布衫》云:"柳花风微荡香埃,梨花雪乱点苍苔。锦绣云红窗漂渺,麝兰烟翠帘暧曃。"颇近小山云。

朱廷玉,字里无考。《正音谱》评其词:"如百卉争放。"其词散见各选本。《北宫词纪》采录尤多。兹录其《咏梅》一套,以见一斑。"〔大石青杏子〕客里过黄钟,阿谁道冷落穷冬,玉壶怪得冰澌冻。云低四野,霜摧万木,雪老千峰。〔归塞北〕寻梅友,联辔控青鬓。乘兴不辞溪路远，赏心相约灞桥东，临水见幽丛。［么篇］清更雅，装就道家风。蕾破嫩黄金的砾，枝横柔碧玉玲珑，不与杏桃同。［尾］果为斯花堪珍重，时复暗香浮动，萧然鼻观通，依约罗浮旧时梦。"

庾天锡，字吉甫，大都人。中书省掾，除员外郎，中山府判。《正音谱》评其词："如奇峰散绮。"所作杂剧十五种（见《录鬼》《正音》），今皆不传。惟《金陵怀古》一套，尚存《阳春白雪》中，录见一斑。"［黄莺儿］怀古，怀古。废兴两字，干戈几度。问当时富贵谁家，陈宫后主。［踏莎行］残照底西风老树，据秦淮终是帝王都。爱山围水绕，龙蟠虎踞。依稀睹，六朝风物。［盖天旗］光阴迅速，多半晴天变雨。待拣搭溪山好处，吞一壶，嚎数语。身有欢娱，事无荣辱。［垂丝钓］引一仆，着两壶。谢老东山，黄花时好去，适意林泉游未足。烟波暮，堪凝伫，谪仙诗句。[尾]一线寄乌衣，二水分白鹭。台上凤凰游，井口胭脂污。想玉树后庭花，好金陵建康府。"

杨立斋,名里无考。《正音谱》评其词:"如风烟花柳。"

杨西庵，名果，字正卿，祁州蒲阴人。金正大初，登进士第。元初为河南课税及经略司幕官。中统元年，拜北京宣抚使。明年，入拜参知政事。至元六年，出为怀孟路总管，是年薨，年七十三，谥文献。正卿美风姿，善谐谑，文采风流，照映一世。工为诗文，尤长于乐府，著有《西庵集》。《正音谱》评其词:"如花柳芳妍。"今读其《赏花时》一套，泃然。

胡紫山，名未详，又号少凯。官至宣慰使。《正音谱》评其词:"如秋潭孤月。"词不多见。

殁后宋梅洞（远）挽之云："搏虎鬼犹泣，屠龙地亦沉。无兄宁有昔，有弟必无今。钟鼎他人手，舟车过客心。不堪回首处，残月堕花阴。"可略见其生平也。词见《阳春白雪》。

张云庄，名养浩，字希孟，济南人。自幼有才名，游京师，献书于平章不忽木，大奇之。累辟御史台丞相掾，选授堂邑县尹，擢监察御史。疏时政万余言，为当国者所忌，除翰林待制，寻罢之。恐祸及，变姓名遁去。及尚书省罢，召为右司都事，迁翰林直学士。延祐设科，以礼部侍郎知贡举，累拜礼部尚书。天历二年，关中旱灾，特拜陕西行台中丞。到官四月，倾囊以赈饥民。每抚膺痛哭，遂得疾不起。谥文忠。著有《云庄类稿》。《正音谱》评其词："如玉树临风。"词今散佚。

元遗山，名好问，字裕之，太原秀容人。七岁能诗，有神童之目。年十四，从陵川郝天挺学，六年而业成。下太行，渡大河，为《箕山》《琴台》等诗，礼部赵秉文见之，以为近代无此作也。由是，名震京师。金宣宗兴定三年，登进士第，久之，除南阳令，调内乡，历尚书省掾，左司都事员外郎。天兴初，入翰林知制诰，金亡不仕。筑亭于家，颜曰野史。又就顺天张万户家，取金源历代实录，晨夕钞集，欲成一代信史，未成而卒。先生实非元人，惟宁献王既列入元曲家内，因略述之。《正音谱》评其词："如孤松绝壑。"

高文秀，东平人，府学生，早卒。《正音谱》评其词："如金瓶牡丹"。所作杂剧三十四种，（见《录鬼》《正音》）今存三种。喜谈《水浒》事，黑旋风剧，多至八种，可云奇矣。散曲不多见，余仅读《惜花春起早》一套，妍丽动人，无愧评语也。（词见《北宫词纪》卷五）

阿鲁威，字叔重，号东泉，蒙古人。官

南剑太守，内召作经筵官。参知政事。时歌伎郭氏名顺时秀者，为阿所眷。而郭氏尤重王学士元鼎。郭有疾，思得马肠充食，元鼎即杀千金五花马，取肠供之。都下传为佳话。一日阿问郭曰："我比元鼎何如？"对曰："参政宰相也；学士才人也。燮理阴阳，致君泽民，学士不如参政。嘲风咏月，惜玉怜香，参政不如学士。"阿大笑而罢。《正音谱》评其词："如鹤唳高空"。余曾见其《折桂令》九首，檃括屈原《九歌》，极沉博可喜。

吕止庵，名里未详，《正音谱》评其词："如晴霞结绮。"止庵以《后庭花》十首得盛名，《北词谱》《阳春白雪》皆载其词，今录其二，以见一斑。"［后庭花］六桥烟柳矗，两峰云树分。罗袜移芳径，华裾生暗尘。冷泉春。赏心乐事，水边多丽人。""［又］塔标南北峰，风闻远近钟。佛国三天竺，禅关九里松。冷泉中。水光山色，岩花换倒红。"

荆干臣，名里无考。《正音谱》评其词："如珠帘鹦鹉。"杂剧未见，散曲见《北宫词纪》者仅一套，今录其一。"［刮地风］想当初啜赚我的言词都是谎，害的人倒枕垂床。鸾台上尘锁无心傍，有似风狂。寂寞了绿窗朱幌，空闲了绣榻兰房。行时思，坐时想，甚时撇漾。你比那题桥的少一行，闪得我独自支当。指望禹门三级桃花浪，你为功名纸半张。"

萨天锡，名都剌，雁门人。萨都剌者，汉言犹济善也。弱冠登泰定丁卯进士第，应奉翰林文字。出为燕南经历，擢御史，以弹劾权贵，左迁镇江录事。历闽海廉访司知事。进河北廉访经历。明张习书其诗集后云："元诗之盛，倡自遗山，而赵子昂、袁伯长辈附和之。继而虞、杨、范、揭者出，号为大家。间有奇才天授，开阖变化，莫可端倪，以骇人之视听者，初则贯云石、冯子振、陈刚中，后则杨廉夫、而萨天锡亦其人也。"是萨都剌实是诗人，不当仅以曲家目之。《正音谱》评其词："如天风环佩。"余曾见其《伎女蹴踘》一套，妆点饱满，无愧大家。其《梁州第七》一支尤佳。词云："素罗衫垂彩袖低笼玉笋，锦鞠袜衬乌靴款蹴金莲。占官场立站下人争羡。似月殿里飞来的素女，甚天风吹落的神仙。拂花露榴裙荏苒，滚香尘绣带蹁跹。打着对合扇拐全不斜偏，踢着对鸳鸯扣且是轻便。对泛处使穿胘抹膝的撺搭，揜俊处使拂袖沾衣的撇演，妆翘处使回身出鬓的披肩。猛然，笑喘。红尘两袖纤腰倦，越丰韵，越娇软。罗帕香匀粉汗妍。拂落花钿。"读此词可见元代蹴球之风，故圆社颇盛一时云。（实即女弟子队中打球乐队）

　　薛昂夫，名里无考，《正音谱》评其词：

"如雪窗翠竹。"余见其《楚天遥带清江引》至佳。词云:"花开人正欢,花落春如醉。春醉有时醒,人老欢难会。一江春水流,万点杨花坠。谁道是杨花,点点离人泪。回首有情风万里,渺渺天无际。愁共海潮来,潮去愁难退。更那堪晚来风又急。"

顾均泽,名德润,道号九山,松江人。以杭州路吏,迁平江。自刊《九山乐府》《诗隐》二集传世。《正音谱》评其词:"如雪中乔木。"今《北宫词纪》有《忆别愿成双》一套,词亦平平。(《太平乐府》亦有数曲)

周德清,字挺斋,高安人。著有《中原音韵》。韵分阴阳者,自德清始,但止及平声,未及上去也。至明范善臻《中州全韵》乃分去声阴阳,至王鵉《音韵辑要》、周少霞《中州全韵》,方及上声。但论荜路山林之功,当推德清也。《正音谱》评其词:"如玉笛横秋。"

第三章　元剧作者考略（上）

余见其《庐山朝天子》●一曲，至佳。词云：
"早霞，晚霞，妆点庐山画。仙翁何处炼丹砂？
一缕白云下。客去斋余，人来茶罢。叹浮生
指落花。楚家，汉家，做了渔樵话。"

不忽木，一名时用，字用臣，世为康里
部人。康里，即汉高车国也。父燕真，从元
世祖征伐有功。不忽木姿禀英特，进止详雅，
世祖奇之。命给事东宫，师事赞善王恂，祭
酒许衡。至元十四年，授利用少监。十五年，
出为燕南河北道提刑按察副使；二十一年，召
参议中书省事，擢吏工刑三部尚书，以疾免。
二十七年，拜翰林学士承旨，知制诰兼修国
史。欲用为丞相固辞，拜平章政事。成宗即
位，拜昭文馆大学士，平章军国事。大德二
年，特命行中丞事，兼领侍仪司事。四年卒。
武帝时，谥文贞。《正音谱》评其词："如闲

● 即《朝天子·庐山》。——编者注

61

云出岫。"余读其《辞朝》一套,中《天下乐》
云:"明放着伏事君王不到头,休休。难措
手,游鱼儿见食不见钩。都只为半纸名,一
笔勾。急回头两鬓秋。"又《寄生草》云:"但
得黄鸡嫩,白酒热,一任教疏篱墙缺茅庵漏,
则要窗明坑暖蒲团厚。问甚身寒腹饱麻衣旧,
饮仙家水酒两三瓯,强如看翰林风月三千首。"
其恬退之怀,亦是不可及。

　　杜善夫,名仁杰,字仲梁,济南长清人。
金正大中,尝偕麻革张澄,隐内乡山中,以
诗篇倡和,名声相埒。元至元中,屡征不起。
子元素,仕元,任福建闽海道廉访使。仁杰
以子贵,赠翰林承旨资善大夫,谥文穆。仲
梁性善谑,才宏学博,气锐而笔健。与李钦叔、
冀京父二人,最为友善。遗山送仲梁出山诗
有"平生得意钦与京,青眼高歌望君久"之
句。其相契之深,从可知矣。《正音谱》评其

词："如凤池春色"。今流传绝少。余见其《雁儿落得胜令》❶数支，文字极平。（见《太平乐府》卷三）

钟继先，名嗣成，号丑斋，汴人。丑斋为邓善之、曹克明高弟，累试有司，命不克遇。从吏则有司不能辟，亦不屑就。因作《录鬼簿》二卷以寄意。自序云："人之生斯世也，但以已死者为鬼，而不知者未死者亦鬼也。酒罂饭囊，或醉或梦，块然泥土者，则其人与已死之鬼何异。此固未暇论也。其或稍知义理，口发善言，而于学问之道，甘于暴弃。临终之后，漠然无闻，则不若块然之鬼为愈也。余尝见未死之鬼，吊已死之鬼，未之思也，特一间耳。"其言亦令黙可喜。上卷记前辈才士，有杂剧者略记姓字爵里及剧目。下卷则记并世才士，各作一小传，记其剧目，又作《凌

---

❶　应为《雁儿落过得胜令》。——编者注

波曲》吊之。盖亦风雅好事者也。《正音谱》评其词："如腾空宝气。"余读其《凌波》各曲，极惆怅低佪之旨，不似幽并侠少气概。《正音》所评，亦未必确当。其自序《丑斋》一套，又诙谐可宝。如《梁州》云："只为外貌儿不中抬举，因此内才儿不得便宜。半生未得文章力，空自胸藏锦绣，口吐珠玑。争奈灰容土貌，缺齿重颏。更兼着细眼单眉，人中短髭鬓稀稀。那里取陈平般冠玉精神，何晏般风流面皮，潘安般俊悄容仪。自知，就里。清晨倦把青莺对，恨杀爹娘不争气。有一日黄榜招收丑陋的，准夺高魁。（余略）"

王仲文，名里无考，《正音谱》评其词："如剑气腾空。"所作杂剧十种（见《录鬼》《正音》），今存一种。

李文蔚，真定人。江州路瑞昌县尹。《正音谱》评其词："如雪压苍松。"所作杂剧十二种（见《录鬼》《正音》），今存一种。

　　杨显之，大都人，与汉卿为莫逆交，凡有珠玉，与公较之。《正音谱》评其词："如瑶台夜月。"所作杂剧八种（见《录鬼》《正音》），今存二种。

　　顾仲清，东平人。官清泉场司令《正音谱》评其词："如鹏鹗冲霄。"所作杂剧二种（见《录鬼》《正音》），今不传。

　　赵文宝，名善庆，饶州乐平人。善卜术，任阴阳学正。文宝一作文贤，善庆一作孟庆，传钞误也。《正音谱》评其词："如蓝田美玉。"所作杂剧七种（见《录鬼》《正音》），今不传。

　　赵明远，大都人，一作明道。《正音谱》评其词："如太华晴云。"所作杂剧二种（见《录鬼》《正音》），今不传。

　　李子中，大都人，知事除县尹。《正音谱》评其词："如清庙朱瑟。"余读其《怨别赏花时》●一小套，致佳。词云："情泪流香淡脸桃，高髻松云髯凤翘，鸳被冷鲛绡。收拾烦恼，准备下捱今宵。赚煞篆烟消，银钉照，和这瘦影儿无言对着。一自阳台云路杳，玉簪折难觅鸾胶。最难熬，更漏迢迢。线帖儿翻腾耳慢搔，愁的是断肠人病倒。盼杀那负心人不到，将一纸寄来书乘恨一时烧。"此词颇轻倩流利云。

　　李进取，大名人，官医大夫。亦作取进。《正音谱》评其词："如壮士舞剑。"所作剧三种（见《录鬼》《正音》），今不传。

　　吴昌龄，西京人。《正音谱》评其词："如庭草交翠。"所作杂剧十一种（见《录鬼》《正音》），今存二种。

　　● 即《赏花时·怨别》。——编者注

66

武汉臣，济南府人。《正音谱》评其词："如远山叠翠。"所作杂剧十三种（见《录鬼》《正音》），今存三种。

李直夫，女直人❶。德兴府住。即蒲察李五，官至湖南廉使。元明善与之交，送直夫至湖南宪使诗云："君去湖南我上京，思君欲见又芜城。沧波留月能归海，江雁拖云不到衡。一代豪华谁远识，百年惊畏护灵名。好来不作男儿事，有水可渔山可耕。"《正音谱》评其词："如梅边月影。"作剧十二种（见《录鬼》《正音》），今仅存《虎头牌》一种，余十一种不传。

马昂夫，字未详，色目人。官三衢路达鲁花赤。迁建康总管。有诗名，与萨都剌唱和。元僧大䜣，亦有诗才，曾有次昂夫《饮仙桥》诗，为一时传诵云。（诗见《蒲室集》)《正音

---

❶　即女真人。——编者注

谱》评其词："如秋兰独茂。"余读其《赠小园春梁州》[1]一支，有"眼空大刘晨未识，脚步长杜甫先迷"之句。又云："楚阳台云雨无三尺，桃源洞光阴减九分。"极形容，小字亦佳。

梁进之，字未详，大都人。官警巡院判，除县尹，又除大兴府判，除知和州。与汉卿世交，《正音谱》评其词："如花里啼莺。"作剧二种（见《录鬼》《正音》），今不传。

纪君祥，一作天祥，大都人，与李寿卿郑廷玉同时。事迹无考。《正音谱》评其词："如雪里梅花。"作剧六种（见《录鬼》《正音》），今存《赵氏孤儿》一种。

于伯渊，平阳人。事迹无考。《正音谱》评其词："如翠柳黄鹂。"作剧六种（见《录鬼》《正音》），今不传。《北宫词纪》有《伯

---

[1] 即《赠小园春·梁州》。——编者注

渊点绛唇》一套，李中麓以为妆点饱满，自
是元人丰度者，略可见一斑云。

　　王廷秀，字未详，山东益都人，淘金千户。
《正音谱》评其词："如月印寒潭。"作剧四种
（见《录鬼》《正音》），今不传。

　　姚守中，字未详，洛阳人。牧庵学士侄，
官平江路吏。《正音谱》评其词："如秋月扬
辉。"作剧三种（见《录鬼》《正音》)，今不传。
惟《太平乐府》卷八，载有《牛诉冤》一套，
大为耕犊诉苦，用意颇奇特云。

　　金志甫，名仁杰，杭州人。钟嗣成云：
"余自幼时，闻公之名，未得与之见也。公小
试钱谷，给由江浙，遂一见如平生欢。交往
二十年如一日。天历元年戊辰冬，授建康崇
宁务官。明年己巳正月叙别，三月，其二子
护柩来杭，知公气中而卒。呜呼惜哉！"所述

虽不骈丽，而其大概多有可取焉。《正音谱》评其词："如西山爽气。"作剧七种（见《录鬼》《正音》），今不传。

沈和甫，名和，杭州人。能词翰，善谈谑，天性风流，兼明音律，以南北调合腔，自和甫始。如《潇湘八景》《欢喜冤家》等曲，极为工巧。后居江州卒。江西称为"蛮子关汉卿"者是也。《正音谱》评其词："如翠屏孔雀。"作剧六种（见《录鬼》《正音》），今不传。钟嗣成吊和甫《凌波曲》云："五言尝写和陶诗，一曲能传冠柳词，半生书法欺颜字。占风流独我师，是梨园南北分司。"此数语可概其生平也。

睢景臣，字景贤，扬州人。大德七年，由扬赴杭。与钟嗣成订交。自幼读书，以水沃面，双眸红赤，不能远视。心性聪明，酷嗜音律。维扬诸公，俱作《高祖还乡》套数，景贤作

《哨遍》一套，出语新奇（见《太平乐府》），诸公皆出其下。又有《南吕·一枝花》《题情》云："人间燕子楼，被冷鸳鸯锦。酒空鹦鹉盏，钗折凤凰金。"亦为工巧，人所不及也。《正音谱》评其词："如凤管秋声"。作剧三种（见《录鬼》《正音》），今不传。余见《景臣秋怀》一套，词颇平平。而《太平乐府·六国朝》一套，亦未见精采。

周仲彬，名文质，其先建德人，后居杭州，因家焉。体貌清癯，学问该博，资性工巧，文笔新奇。家世业儒，俯就路吏。善丹青，能歌舞，明曲调，谐音律。性尚豪侠，好事敬客。元统二年十一月卒。《正音谱》评其词："如平原孤隼。"作剧四种（见《录鬼》《正音》），今不传。余见其《蝶恋花·悟迷》一套，所谓"杨柳楼台春萧索"是也，颇有新警语。又《新水令·春思》一套，［离亭宴带歇指煞］

云："相逢常约西厢等，到来不奉东墙命。无言暗省，秦楼何夕彩云回。瑶琴昨日冰弦断，碧天今夜孤星耿。露寒衣袂轻，风定帘笼静。偏觉更长漏永。"此数语亦极似《西厢》。

吴仁卿，字弘道，号克斋先生，蒲阴人。历仕府判致仕。有《金缕新声》行于世。《正音谱》评其词："如碧山明月。"作剧五种（见《录鬼》《正音》），今不传。余见其《青杏子·惜春》一套，颇佳。又《拨不断》四支，亦可追步东篱焉。词云："泛浮槎，寄生涯，长江万里秋风驾。稚子和烟煮嫩茶，老妻带月匏新鲊，醉时闲话。"又云："利名无，宦情疏，彭泽升半微官禄。蠹鱼食残架上书，晓霜荒尽篱边菊，罢官归去。"又云："选知音，日相寻，山间林下官无禁。闲复读书困复吟，醉时睡足醒时饮，不狂图甚。"余一首略。又《斗鹌鹑》三套，亦佳。

第三章 元剧作者考略（上）

秦简夫，字里无考。按《中州集》有秦滋，字简夫，陵川人，辈行长于元遗山，非此人也。《录鬼簿》云："见在都下擅名，近岁回杭，"是亦至顺时人矣。《正音谱》评其词："如峭壁孤松。"作剧五种（见《录鬼》《正音》），今存《破家子弟》《赵礼让肥》二种。其散曲未多见也。

石君宝，字未详，平阳人。《正音谱》评其词："如罗浮梅雪。"所作杂剧十种（见《录鬼》《正音》），今仅存《秋胡戏妻》《曲江池》《紫云庭》三种。

赵公辅，字未详，平阳人，儒学提举。《正音谱》评其词："如空岩清啸。"作剧二种（见《录鬼》《正音》），今不传。

孙仲章，名无考，或云姓李，大都人。《正音谱》评其词："如秋风铁笛。"作剧三种（见

《录鬼》《正音》），今仅传《勘头巾》一种。
（或云《勘头巾》系陆仲良作）

岳伯川，镇江人，或云济南人。《正音谱》
评其词："如秀林翘楚。"作剧二种（见《录
鬼》《正音》），今止存《铁拐李》一种。

赵子祥，名里未详，《正音谱》评其词："如
马嘶芳草。"作剧四种（见《录鬼》《正音》），
今不传。

李好古，保定人，或云西平人。宋末元初，
有两李好古。一作《碎锦词》者，自署乡贡
免解进士。一字敏仲，见赵闻礼《阳春白雪》。
此李好古，当即二人中之一。《正音谱》评其
词："如孤松挂月。"作剧三种（见《录鬼》
《正音》），今存《张生煮海》一种。

陈存甫，名以仁，杭州人。以家务雍容，
不求闻达。日与南北士大夫交游，童仆辈以

茶汤酒果为厌，存甫未尝有难色。然其名，因是而愈重。《正音谱》评其词："如湘江雪竹。"作剧二种（见《录鬼》《正音》），今不传。

鲍吉甫，名天祐，杭州人。初业儒，长计会簿书之役，非其志也。跬步之间，惟务修奇博古而已。故其编撰，多使人感动咏叹。竟止昆山州吏。《正音谱》评其词："如老蛟泣珠。"作剧八种（见《录鬼》《正音》），今无存。其《史鱼尸谏卫灵公》一剧，最负盛名。明周定王《元宫词》云："尸谏灵公演传奇，一朝传到九重知。奉宣赍与中书省，诸路都教唱此词。"其风行可想矣。

戴善甫，名未详，真定人。江浙行省务官。《正音谱》评其词："如荷花映水。"作剧五种（见《录鬼》《正音》），今存一种《风光好》。

张时起，字才英，东平府学生，居长芦。《正音谱》评其词："如雁阵惊寒。"作剧四种（见《录鬼》《正音》），今不传。

赵天锡，名祐，宛邱人。镇江府判，官浙江行省照磨。案：元有三赵天锡：一见《元史·列传》。一见《辍耕录》卷六，吾竹房先生条。即为吾邱氏买妾，祸及竹房者。一为赵期颐之父。期颐登泰定四年进士，官至河南行省参政。其父祐，字天锡，初辟掾于吴，继官浙江，故《录鬼簿》有镇江府判之语也。作曲者即是此人。《正音谱》评其词："如秋水芙蓉。"作剧二种（见《录鬼》《正音》），今不传。《太平乐府》，有散曲《美河南王》六曲，颇壮健。

尚仲贤，字未详，真定人。江浙行省务官。《正音谱》评其词："如山花献笑。"作剧十种，见《录鬼》《正音》，今存《柳毅传书》

《三夺槊》《气英布》三种。

王伯成，名无考，涿州人，有《天宝遗事》诸宫调行于世。《正音谱》评其词："如红鸳戏波。"作剧三种（见《录鬼》《正音》《曲录》），今存《贬夜郎》一种。

以上82人，《正音谱》各有四个字的赞语。名望大的，还要加些不伦不类的批评语。如马东篱至白无咎12个人，除照例四字赞语外，再有许多噜苏话。一班糊涂朋友，就说这12个人，是曲圣；其余70个人，是曲贤。其实大谬。照他这样批法，某人之词如什么什么，实要弄得山穷水尽。他做了82位，以下105人，就觉得无可批评，江郎才尽了，遂索性不做，反说道"以下105人俱是杰作，尤有胜于前列者。"这明明是藏拙了。并且105人中，第一位就是董解元，难道比马东篱反次一点么。他简实是忘把解元放在82人的首座，到此方才想着，于是把他阁 ❶ 在第一位，自己也觉得不妥，所以说尤有胜于前列者。大名鼎鼎的《正音谱》，那知道有这一个大笑话么！而且照我看来，所列各人，颇有些怀疑，内中杜善夫元遗山，明明是金朝人，如何放他在元人队里。但此还可说失于检点的。至于董解元，是人人知道是金朝人，偏偏《正音谱》说他是仕元始制北曲，这不是更可笑么？吾且把有批评的作为上篇，将 105 人无一字批评的，作为下篇。可以匀匀篇幅。

---

❶ "阁"同"搁"，以下同。——编者注

元剧作者考略（下）

那末吾要把105人的小履历说说了。吾
未说以前。先要表明一句，这位宁献王老官，
做这部《正音谱》的卷首一卷，竟是随笔乱
写。这105人中，也有写名的，也有写字的，
也有写别号的，也有写官爵的，夹七夹八，
实无一定体例，已觉得可笑了。还有十二分
的糊涂处，如刘时中同刘逋斋，曾褐夫同曾
瑞卿，吴克斋同吴仁卿，王敬甫同王爱山，
明明都是一个人，他却分而为两，当他是两
个人，而且把吴仁卿阁在82位中，将吴克斋
放105人中。同是一副眼睛，对于同是一个
人，却分出这样高低来。这实难和他辩护的了。
但是古书中，讲元剧家之多，总算他是第一

（《录鬼簿》颇精核，但是人数不及他多），所以很有研究的价值，在下再把他一一考证起来。

董解元，名里无考，略见第二篇。

卢疏斋，名挚，字处道，一字莘老，涿郡人。至元五年进士，博洽有文思。累迁少中大夫，河南路总管。大德初，授集贤学士，持宪湖南，迁江东道廉访使。复入翰林学士，迁承旨卒。著有《疏斋集》。元初中州文献，东人往往称李阎徐，而能文章者曰姚卢。盖谓李谦（受益）、阎复（子靖）、徐琰（子方）、姚燧（牧庵）及疏斋也。推诗专家，必以刘因与疏斋。论曲则疏斋为首，徐子方、鲜于伯机次之，此亦千古公论也。疏斋著文章宗旨，极言诗文作家之难。（见《辍耕录》卷九）即可见其得力所自矣。所作诸曲，小令为多。散见《阳春白雪》《太平乐府》各选本。

鲜于伯机，名枢，渔阳郡人。至元间以材选为浙东宣慰司经历，改江浙行省都事，意气雄豪，每晨出则载笔椟，与其长廷争是非，一语不合，辄欲置章绶去。尝渔猎山泽间，轩骑所过，父老环聚曰："此吾鲜于公也。"公卿以词翰屡荐入馆阁，不果用。迁太常典簿。晚年懒不耐事，闭门谢客，营一室曰困学斋。大德六年卒。元初车书大同，弓旌四出。宋金故老，交相征辟，一时人物，号为极盛。伯机与李仲芳、高彦敬、梁贡父、郭佑之，皆以北人仕南，极湖山裙屐之乐。虞伯生题伯机像云："敛风沙裘剑之豪，为湖山图史之乐。翰墨轶米蔡而有余，风流拟晋宋而无怍。"亦可见其文望矣。所作散曲不多，《八声甘州·江天暮雪》一套，最著名云。

冯海粟，名子振，攸州人。博洽经史，尝著《居庸赋》，首尾几五千言。闳衍矩丽，自号怪怪道人。仕为承事郎，集贤待制。海粟于书无所不记，当其为文也，酒酣耳热，命侍史二三人，润笔以俟。海粟据案疾书，随纸数多寡，顷刻辄尽。事料馥郁，美如簇锦。与天台陈孚、刚中友善。刚中极敬畏之，自以为不可及。金华宋景濂曰："海粟冯公，以博学英词名于时。当其酒酣气豪，横厉奋发，一挥万余言，少亦不下数千言。真一世之雄也。"所作曲至多，以《鹦鹉曲》为最著。其自序云："白无咎有《鹦鹉曲》云：'侬家鹦鹉洲边住，是个不识字渔父。浪花中一叶扁舟，睡煞江南烟雨，觉来时满眼青山，抖擞绿蓑归去。算从前错怨天公，甚也有安排我处。'余壬寅岁，留上京，有北京伶妇御园秀之属，相从风雪中，恨此曲无续之者。且谓前后多亲炙士大夫，拘于韵度。如第一个父字，便难下语。又甚也有安排我处，甚字必须去声字，我字必须上声字，音律始谐，不然不可歌。

此一节又难下语，诸公举酒索余和之。以汴吴上都天京风景试续之。"今摘录若干首，《故园归计》云："重来京国多时住，恰做了白发伧父。十年枕上家山，负我湘烟潇雨。断回肠一首阳关，早晚马头南去。对吴山结个茅庵，画不尽西湖巧处。"《山亭逸兴》云："嵯峨峰顶移家住。是个不唧嘧樵父。烂柯时树老无花，叶叶枝枝风雨。故人曾唤我归来，却道不如休去。指门前万叠云山，是不费青蚨买处。"皆戛戛独造语。

赵子昂，名孟頫，湖州人，年十四，以父荫补官。宋亡，家居益自力于学。侍御史程钜夫，奉诏搜访遗逸，以孟頫入见，神彩焕发，如神仙中人。世祖顾之喜，欲大用之，议者不可。授兵部郎中，迁集贤直学士，出同知济南总管府，历江浙等处儒学提举。延祐中，累拜翰林学士承旨，得请归，至治初卒，年六十九。追封魏国公,谥文敏。子昂以书法称雄一世,画入神品,四方万里,重购其诗文者,所至车马填咽。自号松雪道人,有《松雪斋集》。史称其清邃奇逸,读之使人有飘飘出尘之想。戴帅初谓其古诗,沈涵鲍、谢。自余诸作,犹傲睨高适、李翱间。仁宗与侍臣论文学之士,以子昂比唐李太白、宋苏子瞻云。虞雍公伯生,尝以诗诣子昂,有"山连阁道晨留辇,野散周庐夜属櫜"之句。子昂曰:"若改山为天,野为星,则尤美矣。"伯生心服之。故有元之盛,称虞、赵、杨、范、揭焉。子昂以宋王孙,仕元为显官,其从兄子固耻之,闭门不肯与见。子昂之没也,宋逸士子虚,题其诗卷曰:"文在玉堂多焕烂,泪经铜狄一滂沱。原陵禾黍悲丰镐,人物风流继永和。"亦深惜之词也。子雍、奕,并以书画知名。散曲不多,时有警策。

李溉之,名洞,滕州人。生有异质,作

为文辞，如宿习者。姚燧深叹异之，力荐于朝，授翰林国史院编修官。辟中书掾，除集贤院都事，转太常博士，擢拜监修国史长史。历秘书监著作郎，太常礼仪院经历。泰定间，除翰林待制。天历间，超迁翰林直学士。俄授奎章阁承旨学士，预修《经世大典》，书成进奏，旋引疾归。复以翰林直学士召，竟不起卒，年五十九。有文集四十卷。溉之骨骼清峻，神情开朗，秀眉疏髯，目莹如电，颜面如冰玉，而唇如渥丹。峨冠褒衣，望之者疑为神仙中人也。其为文章，奋笔挥洒，迅飞疾动，汩汩滔滔，思熊叠出。纵横奇变，若纷错而有条理。意之所至，臻极神妙，每以李太白自拟，当世亦以是许之。侨居济南，有湖山花竹之胜。作亭曰天心水面，文宗尝勅虞雍公制文以记之。散曲不多见，《北宫词纪》有《送友归吴》一套，录之。"［夜行船］驿路西风冷绣鞍，离情秋色相关。鸿雁啼寒，枫林染泪，撺断旅情无限。[风入松]丈夫双泪不轻弹，都付酒杯间。苏台景物非虚诞，年前倚棹曾看。野水鸥边萧寺，乱云马首吴山。[新水令]君行那与利名干，纵疏狂柳羁花绊。何曾畏道途难。往日今番，江海上浪游惯。[乔牌儿]剑横腰秋水寒，袍夺目晓霞灿。虹霓胆气冲霄汉，笑谈间人见罕。[离亭宴]煞束装预喜苍头办，分襟无奈骊驹趱。容易去何时重返。见月客窗思，问程村店宿，阻雨山家饭。传情字莫远，买醉金宜散。千古事毋劳吊挽。阖闾墓野花埋，馆娃宫淡烟晚。"

曾褐夫，名瑞，大兴人。自北来南，喜江浙人才之多，羡钱塘景物之盛，因而家焉。神采卓异，衣冠整肃，优游于市井，洒然如神仙中人。志不屈物，故不愿仕，自号褐夫。江淮之达者，岁时馈送不绝，遂得以徜徉卒岁。临终之日，诣门吊者以千数。著有《侍酒余音》

行世，即其散曲也。今录《春思》一套。"［一枝花］春风眼底思，夜月心间事。玉箫鸾凤曲，金缕鹧鸪词。燕子莺儿，殢杀寻芳使，合欢连理枝。我为你盼望着楚雨湘云，担阁了朝经暮史。［梁州第七］你为我堆宝髻羞盘凤翅，淡朱唇懒注胭脂。东君有意偷窥视。翠鸾寻梦，彩扇题诗，花笺写怨，锦字传词。包藏着无限相思，思量杀可意人儿。几时得靠纱窗偷转秋波？几时得整云鬟轻舒玉指？几时得倚东风笑捻花枝？新婚燕尔，到如今抛闪的人独自。你那点志诚心有谁似？休把那海誓山盟作戏词。相会何时。［尾声］断肠词写就龙蛇字，叠做个同心方胜儿。百拜娇姿谨传示，间别了许时。这关心话儿，尽在这殢雨尤云半张纸。"

班彦功，名惟志，号恕斋，大梁人，或云松江人。少颖异，工文词，善篆字。用邓

89

文原荐，补浮梁州学教授，判晋州。暇则延
名士游，赓咏无虚日，历官集贤待制。致和间，
为绍兴推官。后至元间，知常熟州。升浙江
儒学提举。散曲有《秋夜闻筝》最著。"〔一
枝花〕透疏帘风摇杨柳阴，泻长空月转梧桐
影。冷雕盘香销金兽火，咽铜龙漏滴玉壶冰。
何处银筝？声嘹呖云霄应，逐轻风过短棂。
耳才闻天上仙韶，身疑在人间胜境。〔梁州第
七〕恰便似溅石窟寒泉乱涌，集瑶台鸾凤和
鸣，走金盘乱撒骊珠迸。嘶风骏偃，潜沼鱼惊。
天边雁落，树杪云停。早则是字样分明，更
那堪音律关情。凄凉比汉昭君塞上琵琶，清
楚如王子乔风前玉笙，悠扬似张君瑞月下琴
声。再听，愈惊。叮咛一曲阳关令，感离愁，
动别兴。万事萦怀百恨增，一洗尘清。〔尾声〕
他那里轻笼纤指冰弦应，俺这里谩写花笺锦
字迎，越感起文园少年病。是谁家玉卿？只
恁般可憎，唤的人一枕蝴蝶梦儿醒。"

第四章　元剧作者考略（下）

童童学士，又作仝，字里无考。元有三童童，一字同初，蒙古人，状元及第，官至翰林待制。杨铁崖云"同初诗多台阁体，天不假年，故其诗文不多行于时。"又一同同，载《江西通志》，官廉访司经历。陈友谅攻陷郡城，与贼遇于合同巷，骂贼死。是又一蒙古人。合学士童童，则为三矣。《太平乐府》有《开筵》一套，录之。"［斗鹌鹑］鹤背乘风，朝真半空。龟枕生寒，游仙梦中。瑞日融和，祥云崒嵂。赴天阙，游月宫。歌舞吹弹，前后簇拥。［紫花儿序］昼锦堂筵开玳瑁，玻璃盏满泛流霞，博山炉细袅香风。屏开孔雀，褥隐芙蓉。桧柏青松，瘦竹寒梅浸古铜。暗香浮动，品竹调弦，走斝飞觥。［小桃红］筵前谈笑尽喧哄，开一派笙箫动。媚景良辰自情重，拼那醉颜红，一杯未尽笙歌送。金樽莫侧，玉山低趄，真吃的凉月转梧桐。［天净沙］碧天边桂魄飞腾，银河外斗柄回东，畅好是更长漏永。梅花三弄，访危楼十二帘笼。[调笑令]玉容，露春葱，翠袖殷勤捧玉钟。绛纱笼烛影摇红，艳歌起韵梁尘动。都吃的开襟堕巾筵宴中，绮罗丛，醉眼胧朦。[尾]金樽饮罢雕鞍控，畅好是受用文章巨公。比北海福无穷，似南海寿长永。"

孛罗御史，字里事实无考，曾见其《辞官》一套，录之。"[一枝花]懒簪獬豸冠，不入麒麟画。旋栽陶令菊，学种邵平瓜。觑不的闹穰穰蚁阵蜂衙。卖了青骢马，换耕牛度岁华。利名场再不行踏，风波海其实怕他。[梁州]当燕雀喧檐聒耳，任豺狼当道磨牙。无官守无言责相牵挂。春风桃李，夏月桑麻，秋天禾黍，冬月梅茶。四时景物清佳，一门和气欢洽。叹子牙渭水垂钓,胜潘岳河阳种花，笑张骞河汉乘槎。这家，那家，黄鸡白酒安排下，撒会顽放会耍。拼着老瓦盆边醉后哗，一任他风落了乌纱。［牧羊关］王大户相邀请，赵乡司扶下马，则听得扑冬冬社鼓频挝。有几个不求仕的官员，东庄措大，他每都拍手歌丰稔，俺再不想巡案去奸猾。御史台开除我，尧民图添上咱。［贺新郎］奴耕婢织足生涯，随分村疃人情，赛强如宪台风化。趁一溪流水浮鸥鸭，小桥掩映蒹葭。芦花千顷雪，红树一川霞，长江落日牛羊下。山中闲宰相，林外野人家。［隔尾］诵诗书稚子无闲暇，奉甘旨萱堂到白发。伴辘轳村翁说一会挺脯子话。闲时节笑咱，醉时节睡咱。今日里无是无非快活煞。"

郝新斋，名天挺，字继先，出于朵鲁别族，居安肃州。父和上拔都鲁，为河南行省五路军民万户。至元中，以勋臣子召见，元世祖嘉其容止，有旨俾执文字，备宿卫春宫。建省云南，除参议云南行尚书省事，寻升参知政事，擢陕西汉中道廉访使。入为吏部尚书，寻除陕西行御史台中丞。又迁四川行省参政及江浙行省左丞，俱不赴。拜中书右丞。出为江西河南二省右丞。召拜御史中丞。寻拜河南行省平章政事。皇庆二年卒，年六十七。赠光禄大夫中书平章政事柱国，追封冀国公，谥文定。继先尝受业于元遗山，多所撰述。修《云南实录》五卷，注唐人《鼓吹集》一十卷，行于世。按金史《隐逸传》，郝天挺字晋卿，泽州陵川人，为国信史，经之祖。遗山尝从学进士业。夫以同时而同姓同名，乃一为其师，一为其弟子，亦一奇事也。曲无考。

陈叔宝，字里无考，曲亦不见。

刘时中，名致，号逋斋，石州宁乡人，父彦文，字子章，著有《玉亭小稿》。历官广州怀集令卒，权殡长沙。大德戊戌，姚文公燧游长沙，致自状其先人怀集令之出处，丐铭幽墟。且手所为文取正焉。燧读之尽卷，赏其为辞清拔宏丽，为之不已，可进乎古人之域。因为之作墓铭。致初任永新州判，历翰林待制，出为浙江行省都事卒，贫无以为葬。王真人寿衍，躬往吊哭，周其遗孤，举其柩，葬于德清县，与己之寿穴相近。春秋祭扫不怠。时中尝与文子方矩，同过畅纯父，值其濯足。畅闻二人至，辍洗迎笑曰："佳客至，正有佳味。"于卧内取四大桃，置案上。以二桃洗濯足水中，持啖二人。时中与子方不食。以其置案上者，人待一颗去。曰："公洗者其自享之。无以二桃污三士也。"乃大笑而去。其曲以《水仙子》四支，最著盛名。自序曰："'若把西湖比西子，淡妆浓抹总相宜'，玉局翁诗也。"填词者窃其意，演作世所传唱《水仙子》四首，仍以西施二字为断章，盛行歌楼乐肆间，每悔其不能佳也。且意西湖西子，有秦无人之感。崧麓有樵者，闻而是之，即以春、夏、秋、冬赋四章，命之曰《西湖四时渔歌》。共约首句韵以儿字，时字为之次，西施二字为句绝，然后一洗而空之。邀同赋，谨如约。今录其曲："[水仙子]湖山堂下闹竿儿，烂熳韶华三月时，朝来风雨催春事。把莺花揎断死，映苏堤红绿参差。浅绛雪缄桃萼，嫩黄金搓柳丝。风流呵，斗草的西施。"又云："虾须帘卷水亭儿，玉枕桃笙睡起时，荷香勾引熏风至。掬清涟雪藕丝，嫩凉生璧月琼枝。鸾刀切银丝脍，蚁香浮碧玉卮。受用呵，避暑的西施。"又云："西风逗入北窗儿，一扇新凉暑退时，白蘋红蓼多情思。写秋光无限诗，占平湖树抹胭脂。云拥扇青摇柄，粟飘香金缀枝。快活呵，玩月的西施。"又云："梅花初试胆瓶儿，正是逋郎得句时，同云把断山中寺。软香尘不到此，怯清寒林下风姿。侵素体添肌粟，妒云鬟老鬓丝。清绝呵，赏雪的西施。"

第四章　元剧作者考略（下）

　　徐子方，名琬，号容斋，一号养斋，又自号汶叟，东平人。严实领东平行台，招诸生肄古业，迎元好问试校其文，预选者四人，琬其次也。翰林承旨王磐，荐其才，至元初，为陕西行省郎中。二十三年，拜岭北湖南道提刑按察使。二十五年，以侍御中丞董文用荐，拜南台中丞，建台扬州。日与苟宗道、程钜夫、胡长儒诸公，互相倡和，极一时之盛。二十八年，迁江南、浙西肃政廉访使。召拜翰林学士承旨。大德五年卒，谥文献。子方人物魁岸，襟度宽洪，有文学重望，东南人士，翕然归之。盛如梓《庶斋》尝称其《通州狼山僧舍白莲》长篇，最为工致。尝作《茧瓶》诗，有云：“一窍鬼工开混沌，八乔神茧望扶桑。”王晖《秋涧》极赏之。余见其《怨别》一套，致佳，录之。“〔一枝花〕风吹散楚岫云，水湮断蓝桥路。硬分开莺燕友，生拆散凤鸾雏。暗想当初，实指望，常相聚，怎知道好姻缘

97

成间阻。月初圆忽被阴云，花正放顿遭骤雨。
[梁州第七] 我为他画阁中倦拈针黹，他为我
绿窗前懒诵诗书，过时不见心忧虑。琴闲雁足，
歌歇骊珠。身心恍惚，鬼病揶揄。望夕阳对
景嗟吁，倚危楼朝暮踌躇。觑不的小池中一
来一往交颈鸳鸯，听不的疏林外一递一声啼
红杜宇，看不的画檐前一上一下斗巧蜘蛛。
事虚，望孤。蜘蛛丝一丝丝又被风吹去，杜
宇声一声声唤不住，鸳鸯对一对对分飞不趁
逐，感起我一弄儿嗟吁。[尾声] 几时得柔条
儿再接上连枝树，暖水儿重温活比目鱼，那
的是着人断肠处。窗儿外夜雨，枕边厢泪珠，
则我这一点芳心做不得主。"

马彦良，字里事节俱无考，散曲见《春
雨》一套，录之。"[一枝花] 润夭桃灼灼红，
洗芳草茸茸翠。蝶愁搁香粉翅，莺怕展缕金
衣。堪恨堪宜，耽搁酿蜂儿蜜，喜调和燕子泥。

游春客怎把芳寻，斗巧女难将翠拾。[梁州第七]看一阵阵锁层峦行云岭北，一片片泛桃花流水桥西。我醉来时怎卧莎茵地？难登紫陌，怎着罗衣？乾坤惨淡，园苑岑寂。每日家阴雨霏霏，几曾见丽日迟迟。辛苦杀老树头憎妇鸣鸠，凄凉也古墓上催春子规，阑散了绿阴中巧舌黄鹂。酒杯，食檐。可怜不见春明媚，正合着襄阳小儿辈。笑杀山翁醉似泥，四野云迷。[尾声]叮咛这雨声莫打梨花坠，风力休吹柳絮飞。留待晴明好天气，穿一领布衣，着一对草履，访柳寻春万事喜。"

阙志学，字里事实俱无考，曾见《春怨》一套，录之。"[赏时花]香径泥融燕语喧，彩槛风微蝶翅翩。飞絮舞香绵，娇莺时啭，惊起绿窗眠。[赚尾]惜花愁，伤春怨，萦系煞多情少年。何处狂游袅玉鞭？慢教人暗卜金钱。空写遍翠云笺，鱼雁难传。似这般白日黄昏怎过遣？青鸾信远，紫箫声断，画楼中闲煞月明天。"

孙子羽，仪真人，事实无考，所作杂剧一种，《杜秋娘月夜紫鸾箫》，散曲未见。

曹以斋，名鉴，字克明，宛平人。大德五年，因翰林侍读学士郝彬荐，为镇江淮海书院山长。南行台中丞廉恒，辟为掾史。除兴文署，命伴送安南使者。至治二年，授江浙行省左右司员外郎。泰定七年，迁湖广行省左右司员外郎。天历元年，调江浙财赋府副总管。元统二年升同佥太常礼仪院。后至元元年，以中大夫升礼部尚书，俄卒，年六十五。追封谯郡侯，谥文穆。克明家无余赀，惟蓄数千卷，皆手较定。为诗赋尚骚雅，作文法西汉。每篇成，学者争相传诵。有文集若干卷，藏于家。散套未见。

第四章 元剧作者考略（下）

王继学，名士熙，东平人，官浙东廉使，赠《虞伯生代祀还蜀》一诗，最传人口。诗云："蜀道扬鞭旧险摧，家山遥认碧崔嵬。奉香暂别金銮去，题柱真乘驷马来。祠罢汾阴迎汉鼎，路经骊谷吊秦灰。归厘宣室须前席，不似长沙远召回。"此诗出，人争诵之，即袁伯长亦心服也。继学尝师事蜀郡邓文原，博学工文，盛名日大。其诗长于乐府歌行，真盛世之音也。散曲未见。《尧山堂外纪》谓有《塞鸿秋》四阕赠名伎李芝仪，当已佚矣。

康进之，名无考，棣州人。一云姓唐，字形易淆也。作剧二种（见《录鬼》《正音》），今存《李逵负荆》。散曲有《赠伎武陵春》一套，见《北宫词纪》，录之。"［新水令］当年曾避虎狼秦，是仙家幻来风韵。景因人得誉，人为景摹真。佳趣平分，人景共评论。［驻马听］花片纷纷，过雨犹如弹泪粉。溪流滚滚，

101

迎风还似皱湘裙。桃源路近与楚台邻，丽春
园未许渔舟问。两般儿情厮稳，浓妆淡抹包
笼尽。[乔牌儿]风流人常透引，尘凡客不相
认。地形高更比天台峻，洞门儿关闭紧。[沉
醉东风]瑶草细分明舞袖，翠鬟松仿佛溪云。
蜂蝶莫浪猜，鱼雁难传信。好风光自有东君，
管领红霞万树春，说甚么河阳县尹！[甜水令]
难描难画，难题难咏，难亲难近，无意混嚣尘。
若不是梦里相逢，年时得见，生前有分，等
闲间谁敢温存！[折桂令]美名儿比并清新，
比不的他能舞能讴，宜喜宜嗔。惑不动他疏
势利的心肠，老不了他永长生的鬓发，瘦不
损他无病患的腰身。另巍巍居世外天然异品，
香馥馥产人间别样灵根。最喜骚人，寓意超群，
把一段蓬莱境妆点入梁园，将半篇锦绣词互
换出韩文。[随煞]说清高不比那寻常赚客的
烟花阵，追访的须教自忖。先办下无差错的
意儿诚，后问他许成合的话儿准。"

张子益，名里事实无考，曲亦未见。（《录鬼簿》作张子益学士）

陈子厚，名里事实无考，曲亦未见。

孙叔顺，名里事实无考，曲亦未见。

吕元礼，名里事实无考，曲亦未见。

李茂之，名里事实无考，曲亦未见。

元文苑（洪武本作亢文苑），名里事实无考，曲亦未见。

曹子真，名里事实无考，曲亦未见。（《录鬼簿》作曹子真学士）

左山，商挺别字也。挺字孟卿，曹州济阴人。其先本姓殷氏，避宋讳改焉。挺年二十四，汴京破，北走，依冠氏赵天锡，与元好问、杨奂游。元初为行台幕官，入事潜邸，为京兆宣抚司郎中。中统元年，改宣抚司为行中书省，遂佥行省事。明年，进参知政事，坐言事罢。起为四川行枢密院事，累迁副使。十年，出为安西王相。十五年王薨。十七年，王府相罢，坐事得免。二十年，复为枢密副使，寻以疾辞。二十五年薨，年八十。赠太师开府仪同三司，上柱国鲁国公，谥文定。挺善隶书，著诗千余篇。幼子琦，字德符，官至秘书卿。善画山水，能世其家。元初西北钜公，如杨西庵之蕴藉，姚雪斋之才鉴，王鹿庵之品洁一世，商左山之凝重朝右，皆为词林所宗。惜全集散亡，未窥全豹。而左山作流传更少。今录其数曲，俾读者知元朝文章气运之盛，皆开国诸公有以启之也。散曲有《步步娇》十九首最著。今录其四："绿柳青青和风荡，桃李争先放。紫燕忙，队队衔泥戏雕梁。柳丝黄，堪画在帏屏上。"又云："闷向危楼凝眸望，翠盖红莲放。夏日长，萱草榴花竞芬芳。碧纱窗，堪画在帏屏上。"又云：
"败柳残荷金风荡，寒雁声嘹唳。闲盼望，红
叶皆因昨夜霜。菊今黄，堪画在帏屏上。"又
云："暖阁偏宜低低唱，共饮羊羔酿。宜醉赏，
金池蜡梅香。雪飞扬，堪画在帏屏上。"

孟汉卿，亳州人，著有《魔合罗》剧，今
存。散曲未见。

徐容斋，即徐子方，见前。

严忠济，为严实子。实官东平行台，卒后，
忠济袭爵。多惠政，元史有传。散曲有《落
梅风》《天净纱》最佳。《落梅风》云："三闾
些，伍子歌，利名场几人参破。算来都不如
蓝采和，被这几文钱，把这小儿人瞒过。"《天
净纱》云："能可少活十年，休得一日无权。
大丈夫时乖命蹇。有朝一日，天随人愿，赛
田文养客三千。"

　　董君瑞，真定冀州人。《录鬼簿》云："隐语乐府，多传于江南。"散曲有《赶苏卿》一套，颇多本色语。词云："［醉花阴］雪浪银涛大江回，举目玻璃万顷。天际水云平，浩浩澄澄，越感的人孤另。一叶片帆轻，直赶到金山可怎生不见影。［喜迁莺］见楼台掩映，接云霄金碧层层。那能，上方幽径，我则见那宝殿玲珑紫气生，真胜境。驀闻的幽香缥缈，则不见可意的娉婷。［出队子］心中偒幸，意痴痴愁转增。猛然见梵王宫得悟的老禅僧，何处也金斗郡。无心的苏小卿，空闪下临川县多情的双县令。［刮地风］我这里叉手躬身将礼数迎，请禅僧细说叮咛。他道有一个女裙钗，寺里闲踢蹬。他生的袅袅婷婷，阁不住的两泪盈盈。愁切切有如痴挣，闷恹恹即渐成病。拈霜毫，回廊下，壁上标名。我可便猛抬头恰定睛，正是俺可意的多情。走龙蛇字体儿堪人敬，他诉衷肠表志诚。［四门子］

他道狼毒娘硬接了冯魁定，揣与我个恶罪名。
当初真心儿守，实意儿等，恰便似竹林寺有
影不见形。真心儿守，实意儿等，我可便和
谁折证。[古水仙子] 觑绝罢雨泪倾，便有那
九江水如何洗得清？当初指雁为羹，似充饥
画饼，道无情却有情。我我我，暗暗的仔细
论评，俏苏卿摔碎了粉面筝，村冯魁硬对上
菱花镜，苏虔婆有甚前程。[者刺古] 占天边
月共星，同坐同行。对神前说誓盟，言死言
生。焚香在宝鼎，酒斝在玉觥，越感的人孤
另，分开燕莺。[神仗儿] 唤梢公忙答应，休
得要意挣。谁敢道半霎儿消停，直赶到豫章城。
[节节高] 碧天云霁，翠波风定，银蟾皎洁，
猛然见俺多情薄幸。俺两个附耳言，低声语，
携手行，下水船如何见影？[尾声] 说与你
个冯魁耐心儿听，俺两个喜孜孜悄语低声，
我教你蓝桥下细寻思谩谩等。"

任则明，名昱，四明人。少年狎游平康，以小乐章流布裙钗。晚锐志读书。为七字诗甚工。散曲至多，见《乐府群玉》者，如《寨儿令》云："锦制屏，镜涵冰，浓脂淡粉如故情。酒量长鲸，歌韵雏莺，醉眼看丹青。养花天云淡风轻，胜桃源水秀山明。赋诗题下竺，携友过西泠。撑，船向柳边行。《折桂令》云："盼春来又见春归，弹指光阴，回首芳菲。杨柳阴浓，章台路远，汉水迷烟。彩笔谁行画眉？锦书不寄乌衣。寂寞罗帏，愁上心头，人在天涯。"《水仙子》云："闲开翠牖近沧洲，忽见蛾眉出舵楼。来倍燕席翻红袖，舞春风宜佐酒，匆匆催去难留。解湘水烟中佩，驾浔阳江上舟，瘦损风流。"又云："牙樯锦缆过沙汀，皓齿青娥捧玉觥。银塘绿水磨铜镜，舡如天上行，人传李郭仙名。水晶寒瓜初破，藕花深酒易醒，无限诗情。《满庭芳》云："香笼锦帏，歌讴白苎，人比红梅。风流杜牧新诗意，字字珠玑。桑落酒朝开绮席，杜陵花夜宿春衣。陶然醉，金勒马嘶，归路柳边迷。"

吕济民，字里事实无考。曲见其《黑漆弩》二支，录之。其一云："心猿意马羁难住，举酒处记送别那梁父。想人生碌碌纷纷，几度落红飞雨。么瞬息间地北天南，又是便鸿书去。间多娇芳信何期，笑指到玉梅吐处。"其二云："朱颜绿鬓难留住，调弄了几拙讷的儿父。算光阴咫尺风波，恍看暮晴朝雨。么怎禁他地久天长，揑不过暗来明去。望桃源雾杳烟迷，梦觉也玉人那处。"

查德卿，字里事实无考。余仅见《庆东原》一支小令，存《太平乐府》中。词云："达时务，薄利名，秋风吹动田园兴。钥瓜邵平，思莼季鹰，采菊渊明。清淡老生涯，进退知天命。"

武林隐，字里事实无考。余见其有《折桂令》咏昭君一支，录之。"天风瑞雪蓊玉蕊冰花，驾单车的明妃，无情无绪，气结愁云，泪湿腮霞。只见十程五程，峻岭嵯峨，停骖一顾，断人肠际碧离天漠漠寒沙。只见三对两对搠旌旗古道西风瘦马，千点万点噪疏林老树昏鸦。哀哀怨怨，一曲琵琶，没撩没乱离愁悲悲切切，恨满天涯。"

　　王元鼎，字里事实无考，《尧山堂外纪》云："歌伎顺时秀者，姿态闲雅，杂剧为《闺怨》最高。《驾头》诸旦本，亦得体。"刘时中以金簧玉管凤吟鸾鸣拟声韵。平生与王元鼎密，偶有疾，思得马版肠充馔。元鼎杀所骑千金五花马，取肠以供，都下传为佳话。时中书参政，阿鲁威，尤属意焉。因戏谓曰："我比元鼎如何？"对曰："参政宰相也，学士才人也。燮理阴阳，致君泽民，则学士不及参政。嘲风咏月，情玉怜香，则参政不如学士。"参政付之一笑而罢。余见其《嘲妓》一套，竭诙谐之致，录之。"［河西后庭花］走将来涎涎瞪瞪冷眼儿睁，杓杓答答热句儿侵。舍不得缠头锦，心疼的买笑金，要您消任。鸳帏珊枕，凤凰杯翡翠衾，低低唱浅浅斟，休逞波李翰林。[么篇]支楞弦断了绿绮琴，琋玎掂折了碧玉簪。嗨，堕落了题桥志。吁，阑珊了解佩心。走将来笑吟吟，妆呆妆婪，硬厮挣软厮禁。泥中刺，绵里针。黑头虫，黄口鹣。[凤鸾吟]自古到今，恩多须怨深，你说来的牙疼誓不害碜。有酒时吟，有饭时啃，你来我跟前委实待图甚。小的每声价儿他，身材儿婪，请先生别觅个知音。[柳叶儿]你休要乜斜头撒沁，不熨贴性儿胡临。你却待软处偎，硬处挡，甜处渗。休忒恁，莫沉吟，休辜负了柳影花阴。"

里西瑛，耀卿学士之子。事实无考。尝筑懒云窝，以《殿前欢》写之，词云："懒云窝，醒时诗酒醉时歌。瑶琴不理抛书卧，无梦南柯。

得清闲尽快活，日月似撺梭过，富贵比花开落。青春去也，不乐如何。"一时名手，如贯云石、乔梦符、卫立中、吴西逸皆有和作云。

卫立中，字里事实无考。《太平乐府》中，有散曲《殿前欢》二支，其一云："碧云深，碧云深处路难寻。数椽茅屋和云赁，云在松阴挂。云和八尺琴，卧苔石将云根枕，折梅蕊把云稍沁。云心无我，云我无心。"其一云："懒云窝，窝窝窝里客来多。客来时伴我闲些个，酒灶茶锅，且停杯听我歌。醒时节披衣坐，醉后也和衣卧。兴来时玉箫绿绮，问甚么天籁云和。"

李伯瞻，号熙怡，事实无考。有《省悟殿前欢》❶七支，录之："去来兮，黄花烂漫满东篱，田园成趣知闲贵。今是前非，失迷途尚可追。回头易，好整理，闲活计。团栾灯火，

---

❶　当作《殿前欢·省悟》。——编者注

稚子山妻。"又云："去来兮，黄鸡啄黍正秋肥，寻常老瓦盆边醉。不记东西，教山童替说知。权休醉，老弟兄行都申意。今朝混扰，来日回席。"又云："去来兮，青山邀我怪来迟。从它傀儡棚中戏，举目扬眉，欠排场占几回。痴儿辈，参不透其中意。止不过张公吃酒，李老如泥。"又云："到闲中，闲中何必问穷通。杜鹃啼破南柯梦，往事成空。对青山酒一钟，琴三弄，此乐和谁共？清风伴我，我伴清风。"又云："驾扁舟，云帆百尺洞庭秋，黄柑万颗霜初透。绿蚁香浮，闲来饮数瓯。醉梦醒时候，月色明如昼。白蘋渡口，红蓼滩头。"又云："好闲居，百年先过四旬余。浮生待足何时足，早赋归欤。莫遑遑盼仕途，忙回步，休直待年华暮。功名未了，了后何如？"又云："醉熏熏，无何乡里好潜身。闲愁心上消磨尽，烂熳天真。贤愚有几人？君休问，亲曾见渔樵论。风流伯伦，憔悴灵均。"

赵显宏，号学村。有和李伯瞻《殿前欢》四支，录之："去来兮，东林春尽蕨芽肥。回头那顾名和利，付与希夷。下长生不死棋，养三寸元阳气，落一觉浑沦睡。莺花过眼，鸥鹭忘机。"又云："去来兮，桃花流水鳜鱼肥。山蔬野菜偏滋味，旋泼新醅。胡寻些东与西，拼了个醒而醉，不管它天和地。盆干瓮竭，方许逃席。"又云："去来兮，生平志不尚轻肥。林泉疏散无拘系，茶药琴棋。听春深杜宇啼，瞻天表玄鹤唳，看沙暖鸳鸯睡。有诗有酒，无是无非。"又云："去来兮，楚天霜满蟹初肥。黄花似得渊明意，开遍东篱。笑山翁醉似泥，喜稚子诗能缀，爱仙果甜如蜜。烟萝路绕，车马声稀。"

刘逋斋，即刘时中，见前。

栗元启，字里事实无考。有《殿前欢》散曲三支，《自乐》云："自由仙，对西风篱下醉金船。葛巾漉酒从吾愿，富贵由天。与渊明和一篇，君休羡，省部选乌台荐。好觑桐江钓叟，万古名传。"又云："自由仙，据胡床闲坐老梅边。彤云变态时舒卷，改尽山川。叹蓝关马不前，君休羡，八位转朝金殿。恰便似新晴雪霁，流水依然。"有《咏梅花》云："月如牙，早庭前疏影印窗纱。逃禅老笔应难画，别样清佳。据胡床再看咱，山妻骂：为甚情牵挂？大都来梅花是我，我是梅花。"

　　唐毅夫，字里事实无考。有《怨雪》一套，录之。"［一枝花］不呈六出祥，难应三白瑞。易教山失色，能使鸟呼饥。有甚稀奇，无主向沿街坠，不着人到处飞。暗敲窗有影无形，偷入户潜踪蹑迹。［梁州第七］才苦上茅庵草舍，又钻入破壁疏篱，似杨花滚滚轻狂势。你几曾见贵公子锦裯绣褥，你多曾伴老渔翁箬笠蓑衣。为飘风胡做胡为，怕腾云相趁相随。只着你冻的个孟浩然挣挣痴痴，只着你逼的个林和靖钦钦历历,只着你阻的个韩退之哭哭啼啼。更长漏迟,被窝中无半点儿阳和气,恼人眠搅人睡。你那冷燥皮肤似铁石,着我怎敢相偎。[尾声]一冬酒债因他累,千里关山被你迷。似这等浪蕊闲花也不是久长计。尽飘零数日,扫除做一堆,我将你温不热薄情化做了水。"

孙周卿,古邠人,事实无考。按傅若金序孙蕙兰《录窗遗稿》云:"故妻孙氏蕙兰,早失母,父周卿先生。"是周卿为蕙兰之父,若金之外舅矣。有《折桂令渔父》[1]云:"浪花中一叶扁舟,到处行窝,天也难留。去岁兰江,今年湘浦,后日巴丘。青箬笠白蘋渡口,绿蓑衣红蓼滩头。不解闲愁,自号无忧。两岸芦花,一卧鼽鼽。"又《题琵琶亭》云:"到浔阳夜泊星槎,送客江头,忽听琵琶。下马维舟,回灯借问,何处人家?妾本是京师馆娃,

---
[1] 当作《折桂令·渔父》。——编者注

嫁商人沦落天涯。再转龙牙，细拨轻爬。声裂檀槽，月满芦花。"又云："见乐天细问根芽，襟搭鲛绡，玉笋笼纱。家住长安，十三学乐，髻绾双鸦。今老却朝云暮霞，再休题秋月春花。自叹咱家，两鬓霜华。有锦难缠，泪湿琵琶。"又《寄友人》云："忆湘南冷落鸥盟，木落庭皋，满院秋声。夜月关河，西风天地，自笑浮生。归兴动江神饮客，客情多山鬼知名。月殿龙庭，云路鹏程，独跨天风，直上瑶京。"又《题恨云》："到春来郁闷恹恹，昼夜相兼。纷黛慵拈，尘满妆奁。香消宝靥，翠淡眉尖。封泪锦丝丝恨添，唾窗绒缕缕情粘。翠幙朱帘，玉管牙签，绿惨红恢，燕妒莺嫌。"

高栻，字则成，作《琵琶记》者。或谓方国珍据庆元时，有高明者，避地鄞之栎社，以词曲自娱。因感刘后村诗"死后是非谁管得，满村争唱蔡中郎"之句，乃作《琵琶记》。余案高明，温州瑞安人，以《春秋》中至正

117

乙酉第。其字则诚，非则成也。（《尧山堂外纪》卷72）明初词家多谓高栻作《琵琶记》。其实作《琵琶记》者，系高明而非高栻。明长才硕学，为时名流。授处州录事，辟丞相掾。方国珍叛，省臣以温人知海滨事，择以自从。与幕府论事不合。国珍就抚，欲留置幕下，即日解官。旋寓鄞之栎社沈氏楼居，因作《琵琶记》。记成时，清夜按拍歌舞，几上蜡炬二枝，光忽交合，因名曰瑞光楼。明太祖闻其名召之，以老疾辞还，卒于家。所著有《柔克斋集》。高栻小令，北词居多；高明则皆南曲套数。栻之《殿前欢》，题小山《苏堤渔唱》云："小奚奴，锦囊无日不西湖。才华压尽香奁句，字字清殊。光生照殿珠，价等连城玉，名重《长门赋》。好将如意，击碎珊瑚。"

李爱山，事实无考。有《寿阳曲》即《落梅风》四支。《厌纷》云："离京邑，出凤城，山林中隐名埋姓。乱纷纷世事不欲听，倒大来耳根清净。"《怀古》云："项羽争雄霸，刘邦起战伐，白夺成四百年汉朝天下。世衰也汉家属了晋家，则落的渔樵人一场闲话。"《饮兴》云："玉液殷勤劝，金杯莫断绝，拼了玉山低趄。弹者舞者唱者，只吃到杨柳岸晓风残月。"《风情》云："半拥凌波被，微宽金缕衣。觯金翘乱堆著云髻，托香腮醉眠在锦帐里，娇滴滴海棠春睡。"

宋方壶，名里事实无考。有《送别》一套，录之。"〔双调·斗鹌鹑〕落日遥岑，淡烟远浦。萧寺疏钟，戍楼暮鼓。一叶扁舟，数声去橹。那惨戚，那凄楚，恰待欢娱，顿成间阻。〔紫花儿序〕瘦岩岩香消玉减，冷清清夜永更长，孤另另枕剩衾余。羞花闭月，落雁沉鱼。踌躇，从今后谁寄萧娘一纸书？无情无绪，水潗蓝桥，梦断华胥。〔调笑令〕肺腑，恨怎舒，

三叠阳关愁万缕。幽期密约欢娱处，动离愁
暮云无数。今夜月明何处宿？依依古岸黄芦。
［秃厮儿］欢笑地不堪举目，回首处景物萧疏。
星前月下谁共语，谩嗟吁，何如？［圣药王］
别太速，情最苦，松金减玉瘦了身躯。鬼病添，
神思虚，心如刀剜泪如珠。意儿里懒上七香车。
［尾声］眼睁睁怎忍分飞去，痛杀我也吹箫伴
侣。不甫能恰住了送行客一帆风，又添起助
离愁半江雨。"

　　姚牧庵，名燧，字端甫，文献公枢之侄。
少孤，随枢学于苏门；及长，以所作就正于河
内许衡。衡赏其辞。至元七年，衡为国子祭
酒，奏召旧弟子二十人，驿致馆下。始为秦
王府文学，寻提举陕西、四川、中兴等路学
校。除陕西汉中道按察司副使，调山南湖北
道。入为翰林直学士，迁大司农丞。元贞元
年，以翰林学士，与侍读高道凝，总裁《世

祖实录》。大德五年，出为江东廉访使。移病太平，拜江西行省参知政事。至大元年，入为太子宾客，进承旨学士，太子太傅。明年授荣禄大夫翰林学士承旨，知制诰兼修国史。四年得告归，卒年七十六，谥曰文。所著有《牧庵文集》五十卷。散曲有《冬怨》一套。"［新水令］梅花一夜漏春工，隔纱窗暗香时送。篆消金睡鸭，帘卷绣蟠龙。去凤声中，又题觉半衾梦。［驻马听］心事匆匆，斜倚云屏愁万种。襟怀冗冗，半敧鸳枕恨千重。金钗剪烛晓犹红，胆瓶盛水寒恨冻。离思拥，掩流苏帐暖和谁共？［乔牌儿］闷怀双泪涌，偏锁两眉纵。自从执手河梁送，离愁天地永。［雁儿落］琴闲吴爨桐，箫歇秦台凤。歌停天上谣，曲罢江东弄。［得胜令］呀，书信寄封封，烟水隔重重。夜月巴陵下，秋风渭水东。相逢，枕上欢娱梦。飘蓬，天涯怅望中。［沽美酒］龙涛倾白玉钟，羊羔泛紫金觥。兽炭添煤火正红，业身躯自拥，听门外雪花风。
[太平令]悔当日东墙窥宋，有心教夫婿乘龙。
见如今天寒地冻，知他共何人陪奉？想这厮
指空，话空，一步步脱空，巧舌头将人搬弄。
[水仙子]朔风掀倒楚王宫，冻雨埋藏神女峰，
雪雹打碎桃源洞。冷丁丁总是空，簌湘帘翠
霭重重，写幽恨题残春扇，鼓郁闷听绝暮钟，
数归期曲损春葱。[折桂令]数归期曲损春葱，
鱼深潜鸭绿寒江，雁唳残羊角旋风。碎寒金
照腕徒黄，收香乌藏烟近黑，守官砂点臂犹红。
雪一番霰一阵时间骤拥，云一携雨一握何处
行踪。途路西东，烟雾溟濛。魂也难通，梦
也难通。[尾声]这冤仇怀恨千钧重，见时节
心头气拥。想盼的我肠断眼睛儿穿，直掴的
他脸皮儿肿。"

景元启，名里事实俱无考。疑即栗元启，
但不敢必。有《得胜令》二支。《欢会》云："梅

月小窗横，斗帐惜娉婷。未语情先透，春娇酒半醒。书生，称了风流兴。卿卿，愿今宵闰一更。"《孤另》云："雨溜和风铃，客馆最难听。枕冷兼衾剩，心焦睡不成。离情，闪得人孤另。山城，愿今宵只四更。"又《上小楼客情》云："欲黄昏梅稍月明，动离愁酒阑人静。则被它檐铁声寒翠被难温，致令得倦客伤情。听山城，又起更，角声幽韵，想它绣帏中和我一般孤另。"

曾瑞卿，即曾褐夫，见前。

李伯瑜，名里事实无考，其《小桃红·磕瓜》云："木胎毡观要柔和，用最软的皮儿里，手内无它煞难过。得来呵，普天下好净也应难躲。兀的般砌末，守着个粉脸儿窠，未诨笑声多。"

吴克斋，即吴仁卿，见前。

　　李德载，名里事实无考，有《阳春曲》
（即《喜春来》）十支。《赠茶肆》云："茶烟
一缕轻轻扬，搅动兰膏四座香，烹煎妙手赛
维扬。非是谎，下马试来尝。"又云："黄金
碾畔香尘细，碧玉瓯中白雪飞，扫腥破闷和
脾胃。风韵美，唤醒睡希夷。"又云："蒙山
顶上春光早，扬子江心水味高，陶家学士更
风骚。应共笑，销金帐饮羊羔。"又云："龙
团香满三江水，石鼎诗成七步才，襄王无梦
到阳台。归去来，随处是蓬莱。"又云："一
瓯佳味侵诗梦，七碗清香胜碧筒，竹炉汤沸
火初红。两腋风，人在广寒宫。"又云："木
瓜香带千林杏，金橘寒生万壑冰，一瓯甘露
更驰名。恰二更，梦断酒初醒。"又云："兔
毫盏内新尝罢，留得余香在齿牙，一瓶雪水
最清佳。风韵煞，到底属陶家。"又云："龙
须喷雪浮瓯面，凤髓和云泛盏弦，劝君休惜
杖头钱。学玉川，平地便升仙。"又云："金

尊满劝羊羔酒，不似灵芽泛玉瓯，声名喧满岳阳楼。夸妙手，博士便风流。"又云："金芽嫩采枝头露，雪乳香浮塞上酥，我家奇品世间无。君听取，声价彻皇都。"

　　王和卿，大名人。《辍耕录》所记关汉卿一事，颇堪发噱，录之。和卿滑稽佻达，传播四方。中统初，燕市有一蝴蝶，其大异常。王赋《醉中天》小令云："挣破庄周梦，两翅驾东风。三百处名园一采一个空，难道风流种？唬杀寻芳蜜蜂。轻轻的飞动，卖花人搧过桥东。"由是其名益著。时有关汉卿者，亦高才风流人也。王常以讥谑加之，关虽极意还答，终不能胜。一日，王忽坐逝，而鼻垂双涕尺余。人皆叹骇。关来吊唁，询其由。或对云：此释家所谓坐化也。复问鼻悬何物。又对云：此玉箸也。关云："我道你不识，不是玉箸，是嗓。"咸发一笑。或戏关云："你被王和卿轻侮半世，死后方才还得一筹。"凡六畜劳伤，则鼻中常流脓水，谓之嗓病。又爱讦人之短者，亦谓之嗓，故云尔。散曲甚多，今录《冬闺》一套。"[蓦山溪]冬天易晚，又早黄昏后。修竹小阑干，空倚遍寒生翠袖。萧萧宝马，何处狂游。《么篇》人已静，夜将阑，不信今宵又。大抵为人图甚么？彼各青春年幼，似恁的厮禁持，兀的不白了人头。[女冠子]过一宵，胜秋，且将针线把一扇鞋儿绣。蓦听的马嘶人语，甫能来到，却又早十分殢酒。[好观音]枉了教人深闺里候，疏狂性淹然依旧。不成器乔公事做的泄漏，衣纽不曾扣，待伊酒醒明白究。[雁过南楼煞]问着时只办摆着手，骂着悄不开口，放伊不过耳朵儿扭。你道不曾共外人欢偶，把你爱惜前程，遥指定梅梢月儿咒。"

杜遵礼，字里事实无考。余见其《醉中》二支，一咏歪口伎云："一点樱桃挫，半壁杏腮多。每日长吁暖耳朵，正觑着傍边唾，小唱单吹海螺，侧跷儿把戏做，口儿恰迎着。"一咏佳人脸上黑痣云："好似杨妃在，逃脱马嵬灾。曾向宫中捧砚台，堪伴诗书客，叵耐无情的李白，醉拈班管，洒松烟点破桃腮。"或云《黑痣》为白仁甫作。

　　程景初，字里事实无考。余见其《春情》一套，录之。"[新水令]落红满地暮春天，另一番蜂愁蝶怨。愁切切，恨绵绵，待要团圆，除非是梦中见。[驻马听]小小亭轩，燕子来时帘未卷。深深庭院，杜鹃啼处月空圆。金钗拨尽玉炉烟，香尘渍满琵琶面。谁共言，新来枕匾黄金钏。[乔牌儿]日高犹自眠，病体尚嫌倦。细将往事思量遍，越无心整翠钿。[落梅风]鸾钗断，凤髻偏，腻残妆泪痕满面。隔纱窗俏声儿唤玉莲，那人儿敢有些爻变。[离亭宴带歇拍煞]桃腮揾湿胭脂浅，榴裙折皱

香罗软，这相思教人怎遣？分开翡翠巢，掂
损螳螂玉，空锁鸳鸯殿，十分病怎禁两叶眉
难展？有愁烦万千。羞栽并头莲，懒整合欢带，
怕见双飞燕。情书附锦鳞，佳信凭黄犬，何
处也风流少年？我待将魂魄梦中寻，只恐怕
阳台路儿远。"

赵彦辉，名里事实无考。有《醉中天》二
支。嘲人右手三指云："把盏难舒手，施礼怎
合十？亏它朝朝洗面皮，早是刚拿管笔。便
有那举鼎拔山的气力，诸般儿都会，怎拿它
鞭简铜锤。"又云："把盏难舒手，学舞不风流。
与你架银筝怎地挡？难挽衫儿袖。他媳妇问
它索休，别无甚成就，到官司打与一个拳头。"
又《省悟》一套云："〔点绛唇〕万种闲愁，
一场春瘦，迷花酒。燕侣莺俦，殢煞青云友。
〔混江龙〕长想着少年时候，拈花摘叶甚风流。
见了些春风谢馆，夜月秦楼。马上抱鸡三市斗，

袖中携剑五陵游。八个字非虚谬：玲珑剔透，软款温柔。[油葫芦]一世疏狂一笔勾，从今后都罢手，一场恩爱变为仇。赤紧的红裙不解嘲风口，因此上青衫紧退揉花手。想着眼底情眉角愁，则管里云来雨去空迤逗，终不见下场头。[天下乐]只被你干赚得潘郎两鬓秋，想着你恩情也不是未久，恰便似风中落花水上沤。我恰待踏折他花套竿，撞出锦圆头，早是咱千自在百自由。[哪咤令]想当初您爱我时，剪青丝半纽。想当初敬您时，赠新词一首。您如今弃俺也，断金钗两头。想着您月底盟，星前咒，则怕你悔去也娇羞。[鹊踏枝]俺如今志难酬，和俺不相投。误了俺雁塔题名，虎榜名留。有一日博得五花诰在手，则怕你消不得粉面油头。[寄生草]俺如今时间因，目下忧。三尺剑扫荡红尘垢，万言策补尽乾坤漏，五言诗夺尽江山秀。若是柳耆卿剥得个紫袍新，你便是谢天香不避黄齑臭。

〔尾〕深缦笠紧遮肩，粗布衫宽裁袖，撇罢了狂朋怪友。打扮做个儒流，风月所近新来给了解由。谁信你鬼狐由，误了我谈笑封侯，早难道万里鹍鹏得志秋。气冲斗牛，胸藏锦绣，钓鳌头谁钓您这乐官头。"

　　王敬甫，名爱山，长安人。事实无考。有《水仙子》十阕。《怨别离》云："凤凰台上月儿弯，烛灭银河锦被寒。谩伤心空把佳期盼，知他是甚日还？悔当时不锁雕鞍，我则道别离时易，谁承望相见呵难！两泪阑干。"又云："凤凰台上月儿偏，和泪和愁闻杜鹃。恨平生不遂于飞愿，盼佳期天样远，月华凉风露涓涓。欹单枕难成梦，拥孤衾怎地眠？两泪涟涟。"又云："凤凰台上月儿斜，春恨春愁何日彻？桃花另落胭脂谢，倏忽地春去也，舞翩翩忙煞蜂蝶。人去了无消息，雁回时音信绝，感叹伤嗟。"又云："凤凰台上月儿低，香烬金炉空叹息。闷厌厌怎不添悴憔？夜迢迢更漏迟，冷清清独守香闺。急煎煎愁如醉，恨绵绵意似痴，泪眼愁眉。"又云："凤凰台上月儿高，何处何人品玉箫？眼睁睁盼不得它来到，陈抟也睡不着，空教人穰穰劳劳。银台上灯将灭，玉炉中香渐消，业眼难交。"又云："凤凰台上月儿孤，倒凤颠鸾谩叹吁。盼行云锁了西楼暮，似阑干十二曲，雁来也还又无书。情脉脉空惆怅，意悬悬无是处，恨满天隅。"又云："凤凰台上月儿明，短叹长吁千万声。香闺寂寞人孤另，枕消香寒渐生，碧荧荧一点残灯。别离是寻常事，凄凉可惯经？冷冷清清。"又云："凤凰台上月儿昏，忽地风生一片云。淅零零夜雨更初尽，打梨花深闭门，冷清清没个温存。它去了无消息，枉教人空断魂，瘦脸啼痕。"又云："凤凰台上月儿沉，一样相思两处心。今宵愁恨更比昨宵甚，对孤灯无意寝，泪和愁付与瑶琴。离恨向弦中诉，凄凉在指下吟，少一个知音。”又云：“凤凰台上月儿圆，月上纱窗人未眠。故人来人月皆如愿，月澄清人笑喧，诉别离在月下星前。苍天满中秋月，月婵娟良夜天，人月团圆。”

邓学可，名里无考。与勾曲外史张伯雨友善，伯雨集中，有《雪中寄邓学可》一律可证。其《乐道》一套中，《滚绣球》三支，皆佳，录之。其一云：“千家饭足可周，百结衣不害羞。问甚么破设设歇着皮肉，傲人间伯子公侯。闲遥遥唱些道情，醉醺醺打个稽首，抄化些剩汤残酒，咱这愚鼓简子便是行头。今朝有酒今朝醉，明日无钱明日求，散诞无忧。”又云：“恰见元宵灯挑在手，又早清明至门插柳。正修禊传觞曲流，不觉击鼍鼓竞渡龙舟。恰才七月七，又早是九月九，咱能勾几番价欢喜厮守？都在烦恼中过了春秋。你子见纷纷世事随缘过，都不顾急急光阴似水流，白了人头。"又云："划荆棘凿做沼池，去蓬蒿广栽榆柳。四时间如开锦绣，主人公能得几遍价来往追游？亭台即渐摧，花木取次休，荆棘又还依旧，使行人嗟叹源流。往常间奇葩异卉千般秀，今日个野草闲花满地愁，叶落归秋。"

　　沙正卿，名里事实无考。《元诗选》癸辛集，有沙可学，疑即其人。可学永嘉人，登至正进士第，为行省掾。杨铁厓有送沙可学序云："某官来总行省事，求从事掾之贤能者，首得一人焉，曰沙可学氏。又得一人焉，曰高则诚氏。又得一人焉，曰葛元哲氏。三人者用而浙称治，三人者，天府登其乡书，大廷荣其高第，而拜进士出身，赐任州理佐理之职者也。"此段可以参考。散曲有《闺情》一套。"［斗鹌鹑］挑绣也无心，茶饭不应口。付能打撺起伤春，谁承望睡不过暮秋。暗想情怀，心儿里自羞。两件儿，出尽丑。脸淡

133

似残花，腰纤如细柳。［紫花见序］愁的是针拈着玉笋，怕的是灯点上银缸，恨的是帘控着金钩。赤紧的爷娘又不解，语话也难投。休休，央及煞眉儿八字愁，靠谁成就？凤只鸾孤，几时能勾，燕侣莺俦？［么］想杀我也枕头儿上恩爱，盼煞我也怀抱儿里多情，害煞我也被窝儿里风流。浑身上四肢沉困，迅指间一命淹留。休休，方信道相思是歹证候，害的来不明不久。是做的沾粘，到如今泼水难收。［尾］实丕丕罪犯先招受，直到拆倒了庞儿罢收。若不成就美满好因缘，则索学文君驾车走。”

赵明道，即赵明远，见前。

王仲诚，字里事实无考。散曲有《避纷》一套。“［斗鹌鹑］露冷霜寒，云低雾黯。洒洒消消，凄凄惨惨。眼底繁华，心头有感。名利绝，是非减。爱的是雪月风花，怕的是

官民要览。［紫花儿］昨宵酩酊，今日模糊，
来日醺酣。带一顶嵌肩幔笠，穿一领麻衫。
妆一座栽梅结草庵，谁能摇撼？跳出这蚁穴
蜂衙，再不入虎窟龙潭。［小桃红］刀名剑利
大尴尬，唬碎闲人胆！白酒黄鸡捱时暂，就
中甘，这般滋味谁曾唊？谐音人即参，通经
史亲探，世事要经谙。［尾］此身有似舟无缆，
恣意教旁人笑咱。富贵总由天，清闲尽在俺。"

　　梦简，字里事实无考。散曲有《射雁》
一套。"［一枝花］忙拈鹊画弓，急取雕翎箭，
端直了燕尾翎，搭上虎筋弦，秋月弓圆，箭
发如飞电，觑高低无有偏，正中宾鸿，落在
蒹葭不见。［梁州］鱼尾红残霞隐隐，发头
绿秋水涓涓，芙蓉灿烂摇波面。见沉浮鸥伴，
来往鱼舡，平沙衰草，古木苍烟。江乡景堪
爱堪怜，有丹青巧笔难传。揉蓝靛绿水溪头，
铺腻粉白蘋岸边，抹胭脂红叶林前，将笠檐

儿撅卷。迎头，仰面，偷睛儿觑见碧天外雁
行现，写破祥云一片笺，头直上慢慢盘旋。[尾]
转过了紫荆扉白草冢黄芦堰，惊起些红脚鸭
金头鹅锦背鸳，唬得这鸂鶒儿连忙向败荷里
串。血模糊翅搧，扑剌剌可怜，十二枝梢翎
向地皮上剪。"

　　李邦基，字里事实无考。散曲有《寄别》
一套。"[斗鹌鹑] 百岁光阴，寄身宇宙。半
世蹉跎，忘怀诗酒。窃玉偷香，寻花问柳。
放浪行，不自羞。十载江淮，胸蟠星斗。[紫
花儿] 鬟丝禅榻，眉黛吟窗，扇影歌楼。献
书北阙，挟策南州。迟留，社燕秋鸿几回首。
壮怀感旧，妩媚精神，罗绮风流。[调笑令]
渐久，过清秋，今古盟山惜未休。琴樽相对
消闲昼，尽乌丝醉园红袖。阳关一声人去后，
消疏了月枕双讴。[秃厮儿] 浩浩寒波野鸥，
悄悄夜雨兰舟，津亭送别风外柳。甚不解？

系离愁，悠悠。［圣药王］夜气收，人语幽，西楼梦断月沉钩。惜胜游，忆唱酬，追思往事到心头，肠欲断泪先流。［尾］彩云冉冉巫山岫，还相逢邂逅绸缪。终日惜芳心，思量岁寒友。"

　　吕天用，字里事实无考。散曲有《秋蝶》一套。"［一枝花］数声孤雁哀，几点昏鸦噪。桂花随雨落，梧叶霜凋。园苑消条，冷落了芙蓉萼，见一个玉蝴蝶体态娇。描不成雅淡风流，画不就轻盈瘦小。［梁州］难趁逐莺期月夜，怎追随燕约花朝？栖香觅意谁知道？春光挫过，媚景轻抛。虚辜艳杏，忍负妖桃。梦魂杳不在花梢，精神懒岂解争高。喜孜孜翠袖兜笼，娇滴滴玉纤捻掐，笑吟吟罗扇招摇。替他，窨约。秋深何处生芳草？残菊边且胡闹。不似姚黄魏紫好，忍负良宵。［隔尾］金风不念香须少，玉露那怜粉翅娇。风露催残冷来到，艳阳时过了。暮秋天怎敖 ❶，将一捻儿香肌断送了。"

睢玄明，扬州人，景臣子（景臣见前），事实无考。散曲有《咏鼓》一套。摘录一支，［耍孩儿］云："乐官行径咱参破，全仗着声名过活。且图时下养皮囊，隐居在安乐之窝。冬冬的打得我难存济，紧紧的棚扒的我没奈何。习下这等乔功课，搬得人赏心乐事，我正是鼓腹讴歌。"

王仲元，杭州人，与钟嗣成至交。所编杂曲，有《东海郡于公高门》《袁盎却坐》《私下三关》等，今皆佚。散曲有《咏雪》一套。摘录二支。［斗鹌鹑］云："云幕重封，风刀劲刮，玉絮轻挦。琼苞碎打，粉叶飘扬，盐花乱撒。一色白，六出花，密密疏疏，潇潇洒洒。"［圣药王］云："是宜开绣闼，斟玉斝，

---

❶ 敖，即熬。——编者注

泛羊羔美酒味偏佳。乐韵杂，歌调雅，肉屏风罗列女娇娃，开宴竞奢华。"〔么〕云："不觉的酒力加，和气多，佳人争赏笑喧哗。玉纤将雪片拿，玉钩将雪地踏。只见雪光人影两交加，似一片玉无瑕。"皆传述人口云。

高安道，字里无考，有《御史归庄南吕小曲》，已佚。散曲有《行云》一套。录《哨遍》一支云："暖日和风清昼，茶余饭饱斋时候。自叹抱官囚，被名缰牵挽无休。寻故友，出来的衣冠济楚，像儿端严，一个个特清秀，都向门前等候。待去歌楼作乐，散闷消愁。倦游柳陌恋烟花，且向棚阑玩徘优。赏一会妙舞清歌，瞅一会皓齿明眸，跮一会闲茶浪酒。"

张子友，名里事实无考，曲亦未见。

侯正卿，名克中，号艮斋先生，真定人。幼丧明，聆群儿诵书，不终日能悉记其所授。

稍长习词章。自谓不学可造诣，既而悔之。
以为刊华食实，莫首于理。研讨《易》理，
乃为得之。于是精意读《易》，著书名《大易
通义》。年至九十余卒。有《艮斋诗集》十四
卷。散曲有《客中寄情》一套。"［菩萨蛮］
镜中两鬓皤然矣，心头一点愁而已。清瘦仗
谁医？羁情只自知。［月照庭］半纸功名，断
送关山。云渺渺，草萋萋。小楼风，重闭月，
应盼人归。归心急，去路迷。［喜春来］家书
端可驱邪祟，乡梦真堪疗客饥。眼前百事与
心违，不投机，除赖酒支持。［高过金盏儿］
举金杯，倒金杯，杯杯未倒先心醉，酒醒时
候更凄凄。情似织，招揽下相思无尽期，告
他谁？［牡丹春］忽听楼头更漏催，别凤又
孤凄。暂朦胧枕上重欢会，梦惊回，又是一
别离。［醉高歌］客窗夜永岑寂，有多少孤眠
况味。欲修锦字凭谁寄？报与些凄凉事实。
［尾］披衣强拈纸与笔，奈心绪烦多书万一。

欲向芳卿行诉些憔悴，笔尖头陶写哀情，纸面上敷陈怨气。待写个平安字样，都是俺虚脾拍塞。一封愁信，向银台畔读不去也伤悲。腊炬❶行明知人情意，也垂下数行红泪。"

史九敬先，真定人，亦作史九散人。武昌万户。作剧有《庄周梦》一种，散曲未见。

李宽甫，大都人。刑郎令史，除庐州合肥县尹。作剧有《汉丞相丙吉问牛喘》一种，散曲未见。

彭伯城，保定人，一作伯威。作剧有《夜月京娘怨》一种，散曲未见。

李行道，又作行甫，绛州人。作剧有《包待制智赚灰阑记》一种，散曲未见。

赵君祥，名良弼，东平人。少时与钟嗣成，

❶　当作"蜡炬"。——编者注

同师邓善之、曹克明、刘声之三先生。又于省府同笔砚，经史问难，诗文酬唱，及乐章小曲，隐语传奇，无不究竟。所编《梨花雨》，其辞甚丽。后补嘉兴路吏，迁调杭州。天历元年冬，卒于家。散曲《春思》一套，录二支。"〔新水令〕枕痕一线玉生春，未惺憁眼波娇困。别离才几日，消瘦勾十分。杜宇愁闻，无端事系方寸。〔驻马听〕寡宿孤辰，岁晚佳期犹未准。旧愁新恨，镜中眉黛镇常颦。一庭芳草翠铺茵，半帘花雨红成阵。雨声潺，风力紧，韶华即渐消磨尽。"

汪泽民，亦作江泽民，字叔志，真定人。元史有传，散曲未见。

陆显之，汴梁人。《录鬼簿》云：有《好儿赵正》话本，散曲未见。

孔文卿，平阳人，事实名里无考。有《禄

山谋反》一套，摘录之。"［梁州第七］不幸
遣东归蓟北，更胜如西出阳关，看几时捱彻
相思限？怕的是朔风箭急，残月弓弯，戍楼
人静，纸帐更阑。思量杀玉砌雕阑，消磨尽
绿鬓朱颜。再几时染浓香翡翠衾温，迷醉魂
芙蓉帐暖，解余醒荔枝浆寒。近间，瘦减，
业身躯不似当年胖。这证候谁经惯？都只为
百媚千娇在翠盘，出落着废寝忘餐。［三煞］
拼了做匆匆行色催征雁，止不过拍拍离愁满
战鞍，驱兵早晚到骊山。若夺了娘娘，教唐
天子登时两分散，休想再能勾看一看。四件
事分明紧调犯，势到也怎遮拦？［尾声］把
六宫心事分明的慢，将半纸音书挡闭的悭，
教千里途程阻隔的难。我因此上一点春心酝
酿的反。"

狄君厚，平阳人，事实无考。散曲《扬州
忆旧》一套，录之。"［夜行船］忆昔扬州念

四●桥，玉人何处也吹箫。丝烛烧春，金船吞月，良夜几番欢笑。［风入松］东风杨柳舞长条，犹似学纤腰。牙樯锦缆无消耗，繁华去也难招。古渡渔歌隐隐，行宫烟草萧萧。［乔牌儿］悲时空懊恼，抚景慢行乐。江山风物宜年少，散千金常醉倒。［新水令］别来双鬓已刁骚，绮罗丛梦中频到。思前日，值今宵，络纬芭蕉，偏恁感怀抱。［甜水令］世态浮沉，年光迅速。人情颠倒，无计觅黄鹤。有一日旧迹重寻，兰舟再买，吴姬还约，安排着十万缠腰。［离亭宴煞］珠帘十里春光早，梁尘满座歌声绕，形胜地须教玩饱。斜日柳堤行，暖风花市饮，细雨芜城眺。不拘束越锦袍，无言责乌纱帽。到处里疏狂落魄，知时务有谁如？揽风情似咱少。"

张寿卿，东平人。浙江省掾吏。作剧有《诗

● 念四，当作"廿四"。——编者注

酒红梨花》一种，尚存，散曲未见。

费君祥，大都人。与关汉卿交。有《爱女论》行于世；作剧有《才子佳人菊花会》，已佚，散曲未见。

陈定甫，大名人，事实无考。作剧有《风月两无功》一种，已佚，散曲未见。

刘唐卿，太原人。皮货所提举。在王彦博左丞席上，曾咏"博山铜细袅香风"者。作剧有《蔡顺摘椹养母》《李三娘麻地捧印》二种，皆佚。按《博山铜》一曲，即《折挂令》。词见杨朝英《阳春白雪》。"博山铜细袅香风，两行纱笼，烛影摇红。翠袖殷勤捧玉钟，半露春葱。畅好是会受用文章巨公，绮罗丛，醉眼朦胧。夜宴将终，十二帘栊，月转梧桐。"其词颇美。但又署姚牧庵作，未识何故。

阿里耀卿，即西瑛之父，事实无考，曲

亦未见。

王爱山，即王敬甫，见前。

奥敦周卿，奥敦即汉族曹氏。字里事实无考。散曲有《折桂令》二支，至佳。其一云："西山雨退云收，缥缈楼台，隐隐汀洲。湖水湖烟，画船歌棹，妙舞轻讴。野猿搦丹青画手，沙鸥看皓齿明眸。阆苑神州，谢安曾游。更比东山，倒大风流。"其二云："西湖烟水茫茫，百顷风潭，十里荷香。宜雨宜晴，宜西施淡抹浓妆。尾尾相衔画舫，尽欢声无日不笙簧。春暖花香，岁稔时康。真乃上有天堂，下有苏杭。"

蒲察善长，蒲察即汉姓李氏，名里事实无考。散曲有《新水令》一套，题为《托雁传情》，摘录数支。"［川拨棹］不由我泪盈盈，听长空孤雁声。我与你暂出门庭，听我丁宁。自别人情，雁儿，我其实捱不过衾寒枕冷，相思病渐成。[七弟兄]雁儿，你却是怎生？暂停，听我诉离情。一封书与你捎定，疾忙飞过蓼花汀。那人家寝睡长门静。[梅花酒]雁儿，呀呀的叫几声，惊起那人听，说着咱名姓，他自有人相迎。从别后不见影，闪得人亡了魂灵。罗帏中愁怎禁，则为他挂心情。朝忘餐泪如倾，曲慵唱酒慵斟。[双江南]雁儿，可怜见今宵独自个冷清清，你与我疾回疾转莫留停，山遥水远煞劳神。雁儿，天道儿未明，且休要等闲寻倦宿沙汀。[尾]你是必飞空云淡风力紧，我这里想谁医治相思病。传示我可意情人,休辜负海誓山盟。[唱道]性命也似看承，心脾般钦敬。准办你鹏程，我这里独守银釭慢慢的等。"

范冰壶，名居中，字子正，冰壶其号也。杭州人。父玉壶，为一代名儒。假卜术为业。居杭之三元楼前。每岁元夕，必以时事题于灯纸之上。杭人聚观，远近皆知父子之名。冰壶精神秀异，学问该博。尝出大言矜肆，以为笔不停思，文不阁笔。诸公知其有才，不敢难也。善操琴，能书法。其妹亦有文名。大德年间，被旨赴都，遂北行，以才高不遇，卒于家。散曲有《秋思》一套，其《赛鸿秋》云："想那人妒青山愁蹙在眉峰上，泣丹枫泪滴在香腮上，拔金钗划损在雕阑上，托瑶琴哀诉在冰弦上。无事不思量，总为咱身上。争知我懒看书羞对酒也只为他身上。"其《怕春归》云："白发陡然千丈，非关明镜无情，缘愁似个长。相别时多，相见时难，天公自主张。若能勾相见，我和他对着灯儿深讲。"语颇佳。

施均美，名惠，一字君美，杭州人。居吴山城隍庙前，以坐贾为业。巨目美髯，好谈笑。

钟嗣成尝与赵君卿、陈彦实、颜君常至其家。
每承接款，多有高论。诗酒之暇，惟以填词
和曲为事。有古今砌话，编成一集。其好事
也如此。所作《幽闺记》最著名。散曲未见。

萧德润，《录鬼簿》作德祥，亦作黄德润，
杭州人。以医为业，号复斋。凡古文俱隐为
南曲，街市盛行。又有南曲戏文等。杂剧有
《四春园》《小孙屠》《杀狗劝夫》《四大王歌
舞丽春园》《包待制三勘蝴蝶梦》。今仅存《杀
狗劝夫》一种。散曲有《秋怀》一套，其《双
调夜行船》云："一夜秋声入井梧，碧纱厨枕
剩珊瑚。秦凤东归，楚云西去，旧欢娱等闲
辜负。[风入松]翠屏灯影照人孤，花外响啼
蛄。丁宁似把闲愁诉，凄凉待怎支吾。泪珠
伴檐花簌簌，梦魂惊城角呜呜。[庆宣和]犹
忆尊前得见初，浅淡妆梳。附耳佳期在朝暮，
间阻，间阻。[乔牌儿]相思病忒狠毒，风

流债久担误。波涛隔断蓝桥路，枉只把鹊声
占龟卦卜。［甜水令］到如今镜破青铜，钗分
金凤，箫闲碧玉，无语自踌躇。果若命分合
该，于飞终效，姻缘当遇，甘心儿为你嗟吁。
［鸳鸯煞］锦回文织就别离谱，碧云笺写遍伤
心句。旧物空存，薄情何处？畅道往事千端，
柔肠九曲，软玉温香，作念着何曾住？人问
我秋到也较何如？怕的是战碎芭蕉画阑雨。"

沈拱之，名拱，拱之其字也，杭州人。
天资颖悟，文质彬彬。然惟不能俯仰，故不
愿仕。所编乐府最多，以老无后，病无所归，
陈存甫馆之于家，不旬日而亡。存甫殡送之，
重友谊也。其剧曲俱未见。

刘聪，字里事实无考，曲亦未见。

张九，《录鬼簿》作张九元帅，字里事实
无考，曲亦未见。

廖弘道，名毅，弘道其字也，建康人。泰定三年丙寅春，与钟嗣成订交，由周仲彬为介，一见即叙平生欢。时出一二旧作，皆不凡俗。如越调《一点灵光》。借灯为喻，尤其著者也。其《仙吕赚煞》云："因王魁浅情，将桂英薄幸，致令得泼烟花不重俺俏书生。"发越新鲜，皆非蹈袭。天历二年春抱疾，丧于友人江汉卿家。汉卿与黄焕章买棺具殓，召其亲来，火葬城外寺中。公能书，善行文，皆不草率。题伍王庙壁，有《折桂令》一曲，又有绝句云："浩浩凌云志，巍巍报国心。忠魂与潮汐，万古不消沉。"其感慨激烈，徒增怅怏矣。曲未见。

陈彦实，名无妄，东平人。与钟嗣成及赵良弼同舍。生性沉重，事不苟简。以苛刻为务，讦直为忠，与人寡合，人亦难与交也。公于乐府隐语，无不用心，补衢州路吏，后迁婺州。升浙东宪吏，调福建道。天历二年三月，以忧卒，其弟彦正殡葬之。乐府甚多，惜乎其不甚传也，曲亦未见。

吴中立，名本世，杭州人。天资明敏，好为词章，隐语乐府。有《本道斋乐府》小稿，及诗谜数千篇。以贫病不得志而卒。高明《柔克斋集》有《采莲曲送越中吴本中》一首，疑即此人。

钱子云，名霖，淞江人；弃俗为黄冠，更名抱素，号素庵。类次诸公所作，曰《江湖清思集》。其自作乐府，有《醉边余兴》，语极工巧。小令有《清江引》四支，其一云："梦回昼长帘半卷，门掩荼蘼院。蛛丝挂柳绵，燕嘴粘花片，啼莺一声春去远。"其二云："高歌一壶新酿酒，睡足蜂衙后。云深鹤梦寒，石老松花瘦，不如五株门外柳。"其三云："春归牡丹花下土，唱彻莺啼序。戴胜雨余桑，谢豹烟中树，人困昼长深院宇。"其四云："恩情已随纨扇歇，攒到愁时节。梧桐一叶秋，砧杵千家月，多的是几声儿檐外铁。"

高敬臣，名克礼，号秋泉，河间人。以荫官至庆元理官，治政以清净为务。不为苛刻，以简澹自处，工古今乐府，有名于时云。散曲有《雁儿落过德胜令》二支。其一云："新愁因甚多？浅黛教谁画？倦将珊枕敧，款要朱扉亚。正月明闲照绿窗纱，酒冷重温白玉斝。五花骢系何处垂杨下，少年心亏负杀。不恨你个冤家，高烧银蜡，宽铺绣榻，今夜来么？"其二云："寻致争不致争，既言定先言定。论至诚俺至诚，你薄幸，岂不闻举头三尺有神明，忘义多应当罪名。海神庙见有他为证，似王魁负桂英。碜可可海誓山盟。缕带难逃命，鸾刀上更自刑，活取了个年少书生。"

曹明善，名里无考，衢州路吏。甘于自适。

居大都。有乐府，华丽自然，不在小山之下。以《长门柳》二词得名。按《长门柳词》，见《尧山堂外纪》七十四卷。伯颜擅权之日，剡王彻彻都、高昌王帖木儿不花，皆以无罪见杀。山东宪吏曹明善，时在都下，作《眠江绿》二曲以风之。大书揭于五门之上。伯颜怒，令左右暗察得实，肖形捕之。明善出避吴中一僧舍，居数年，伯颜事败，方再入京。其曲曰："长门柳丝千万缕，总是伤心处。行人折柔条，燕子衔芳絮，都不由凤城春做主。长门柳丝千万结，风起花如雪。离别重离别，攀折复攀折，苦无多旧时枝叶。"散曲如《折桂令》云："问城南春事何如，细草如烟，小雨如酥。不驾巾车，不拖竹杖，不上篮舆。游一日将息蹇驴，索三杯分付奚奴。竹里行厨，花下提壶。共友联诗，临水观鱼。"《沉醉东风》云："鸱夷革屈沈了伍胥，江鱼腹葬送了三闾。数间谏时，独醒处，岂是遭诛被放招伏？

一舸秋风去五湖，也博个名传万古。"《小梁州》云："紫霞仙侣翠云裘，文彩风流。新诗题满凤凰楼，挥吟袖，来作烂柯游。王樵不管梅花瘦，教白鹤舞着相留。听我歌，为君寿。一杯春酒，一曲小梁州。"

张子坚，名里事实无考。散曲有《德胜令》一支云："宴罢恰初更，摆列着玉娉婷。锦衣搭白马，纱笼照道行。齐声，唱的是阿纳忽时行令。酒且休斟，俺待据银鞍马上听。"

王日华，名晔，杭州人，号南斋。有《卧龙冈》《双卖华》《桃花女》三剧。今仅存《桃花女》，见《元曲选》。《录鬼簿》云："有与朱士凯题《双渐小卿问答》，人多称赏。"案：此套久佚，今从《乐府群玉》中，摘录于此，方知此套名《风月所举问汝阳记》。虽钟嗣成亦未之知也。自黄肇退状，至议拟，凡十六首。此又《元曲选》外增一故实矣。

〔庆东原〕（黄肇退状）于飞燕，并蒂莲，
有心也待成姻眷。吃不过双生强嗃，当不过
冯魁斗谝，甘不过苏氏胡搧。且交割丽春园，
免打入卑田院。〔折桂令〕（闻苏卿）俏排场
惯战曾经，自古惺惺，爱惜惺惺。燕友莺朋，
花阴柳影，海誓山盟。那一个坚心志诚？那
一个薄幸杂情？则问苏卿，是爱冯魁，是爱
双生？〔幺篇〕（答）平生恨落风尘，虚度年华，
减尽精神。月枕云窗，锦衾绣褥，柳户花门。
一个将百十引江茶问肯，一个将数十联诗句
求亲。心事纷纭，待嫁了茶商，怕误了诗人。〔毁
前欢〕（再问）小苏卿，言词道得不实诚。江
茶诗句相兼并，那件着情？休胡芦提二四应，
相僝僽，端的接谁红定？休教勘问，便索招承。
〔幺篇〕（答）满怀冤，被冯魁掩扑了丽春园，
江茶万引谁情愿？听妾明言。多情小解元，
休埋怨，俺违不过亲娘面。一时间不是，娱 ❶

---

❶ 根据上下文意，应为"误"。——编者注

走上茶舡。[水仙子]（驳）明明的退伍丽春园，暗暗的开除了双解元。碜可可说下神仙愿，却元来都是谝。再谁听甜句儿留连。同他行坐，和他过遣，怎做的误走上茶舡？　[幺篇]（招）书生俊俏却无钱，茶客村虔倒有缘。孔方兄教得俺心窝变。胡芦提过遣，如今是走上茶舡。拜辞了呆黄肇，上覆那双解元，休怪咱赴临川。[折桂令]（问冯魁）冯魁嗏，你自寻思。这样娇姿，效了琴瑟，不用红娘，则留红定，便系红丝。量你呵有甚么风流浪子，怎消得多情俊俏揉儿？供吐实词，说了缘由，辨个妍媸。[凌波仙]（答）黄金铸就劈闲刀，茶引糊成划怪锹。卢山凤髓三千号，陪酥油尽力搅。双通叔你自才学，我揣与娘通行钞。他掂了咱传世宝，看谁能勾凤友鸾交。[折桂令]（问双渐）小苏卿窝变了心肠，改抹了因缘，倒换排场。强拆鸳鸯，轻分莺燕，失配鸾凰。实丕丕兜笼富商，虚飘飘蹬脱了才郎。你试

思量，不害相思，也受凄凉。[凌波仙]（答）
阳台云雨暂教晴，金斗风波且慢行。小苏卿
是接了冯魁定，俏书生便噤声。没来由闲战
闲争，非干是咱薄幸。既然是他浅情，我着
甚干害心疼。[折桂令]（问黄肇）丽春园黄
肇姨夫，人道你聪明，我道你胡涂。苏氏掂俫，
双生搬撺，你划地妆孤。怕不你身上知心可
腹，争知他根前似水如鱼。休强支吾，这样
恩情，便好开除。[凌波仙]（答）风流双渐
惯轮铡，浪苏卿能跳塔。小机关背地里商量
下，把俺做皮灯笼看待咱。从来道水性难拿，
从他趄过，由他演撒，终只是个路柳墙花。[折
令桂]（问苏妈妈）苏婆婆常只是熬煎，临逼
得孩儿，一谜地胡搧。使会虚脾，着些甜唾，
引起顽涎。用力的从教气喘，着昏的一任头旋。
只为贪钱，将个婵娟，卖上茶舡。[凌波仙]
（答）有钱问甚糊纸锹，没钞由他古锭刀。是
谁俊俏谁折拗，俺老人家不性索。冯员外将

响钞，气得双生咷，休干闹黄肇。嗦，莫且焦，价高的俺便成交。［拟议］双生好去觅前程，黄肇休来恋寡情，冯魁统镘刚婚聘。老虔婆指证的明，小苏卿既已招承。风月所成文案。莺花寨拟罪名，丽春园依例施行。

王举之，事实名里无考，散曲未见。

陈德和，事实名里无考。《乐府群玉》中，有《雪中十事》。录之："［落梅风］（贫儿翳桑）茶烟细，酒力微，都不索比评风味。翳桑儿悄声私自提，省可里腊前呈瑞！［又（谢女比絮）］骚人谢，女论吟，雪飘时絮飞还恁？七言句儿夸到今，偏梨花比他争甚？［又（袁安高卧）］身贫暴，志趣高，羡袁安那时清操。纵如今闭门僵睡着，道是尽教他忍寒干傲。［又（陶谷烹茶）］龙团细，蟹眼肥，竹炉红，小窗清致。试烹来是觉风韶美，比羊羔较争些滋味！［又（浩然骑驴）］穷东野，忒好奇，冻得来战钦钦地。待吟诗满前都是题，偏则么灞桥驴背。[又（李愬击鹅）]翻银汉，战玉龙，遍乾坤似粉妆胡洞。击鹅群乱军成了大功，全不道蓝关路马蹄难动。[又（孙康映光❶）]无灯焰，雪正积，想孙康向学勤力。映清光展书读较毕，待天明困来恰睡。[又（游杨侍立）]立来倦，睡未足，觑门前雪深迷路。师父觉来迟半步，忍不得也索回去。[又（泛剡王猷）]乘雪夜，访故人，剡溪冰断蓬难进。冻归来怕人胡议论，强支吾道兴来还尽。[又（寒江钓叟）]寒江暮，独钓归，玉蓑披满身祥瑞。他道纵如图画里，则不如销金帐暖烘烘地。"

丘士元，名里事实无考。散曲如《满庭芳》云："愁山闷海，沉吟暗想，积渐难捱。冷清清无语人何在？瘦损形骸。愁怕到黄昏在侧，

---

❶ 当作"孙康映雪"。——编者注

最苦是兜上心来。咱无奈，相见痛哉！独自静书斋。"《折桂令》云："楚天秋万顷烟霞，孤雁声悲，凄切伤咱！铁马叮当，寒蛩不住，砧杵声杂。银台上烧残绛蜡，金炉内烟篆香加。感叹嗟呀！痛忆娇姿，恨满天涯。"《普天乐》云："月空圆，人何在？寒蛩切切，塞雁哀哀。菊渐衰，荷钱败。叶落西风雕栏外，断肠人如此安排。秋云万里，满天离恨，伴我愁怀。"

　　以上 178 人，吾一一为他们作一小传。但无可考者，仍从"盖阙"的法子。大约元朝曲家，略具于此了。即此小小考证，已费了多少心思，可见读书是不容易罢。

编后记

　　吴梅（1884~1939），字瞿安，号霜厓，江苏长洲（今苏州）人。22岁任东吴大学堂教习，以后历任苏州存古学堂、南京第四师范、上海民立中学教师。34岁后，历任北京大学、东南大学、中山大学、光华大学、金陵大学教授，二十余年间，在曲学研究领域取得了很高的造诣，是海内外公认的曲学大师。吴梅一生致力于戏曲及其他声律研究和教学，曾先后创作传奇和杂剧多种，《风洞山》《苌弘血》《东海记》《双泪碑》是其代表作。词曲论著宏富，主要著作有《顾曲麈谈》《曲学通论》《中国戏曲概论》《元剧研究》《南北词谱》等。培养了大量学有所成的戏曲研究家和教育家。

《元剧研究 ABC》一书，其主要内容涵盖"元剧之来历""元剧作者的历史""曲文的格式""剧情的结构""戏场里面动作"等，举凡元剧研究所必要的都说及，是关于元剧研究的一部基础入门读物，不仅有益于民国时期的读者学习，也对今天的读者具有启发和指导意义。

本社此次印行，以上海世界书局 1929 年版为底本。在整理过程中，首先，将底本的繁体竖排版式转换为简体横排版式，并对原书的体例和层次稍作调整，以适合今人阅读。其次，在语言文字方面，基本尊重底本原貌等。与今天的现代汉语相比较，这些词汇有的是词中两个字前后颠倒，有的是个别用字与当今有异，无论是何种情况，它们总体上都属于民国时期文言向现代白话过渡过程中的一种语言现象，为民国图书整体特点之一。对于此类问题，均以尊重原稿、保持原貌、不予修改的原则进行处理。再次，在标点符号方面，由于民国时期的标点符号的用法与今天现代汉语标点符号规则有一定的差异，并且这种差异在一定程度上不适宜今天的读者阅读，因此以尊重原稿为主，并依据现代汉语语法规则进行适度的修改，特别是对于顿号和书名号的使用，均加以注意，稍作修改和调整，以便于读者阅读和理解。最后，对于原书在内容和知识性上存在的一些错误，此次整理者均以"编者注"的形式进行了修正或解释，最大限度地消除读者的困惑。

邓　莹

2016 年 11 月